ハロハロ

Halo-Halo

こまつあやこ

講談社

ハロハロ

CONTENTS

1　オンライン英会話マグサリタ

髪《かみ》をとかして、アプリコットの色付きリップを塗《ぬ》って。

「まるでお出かけみたいじゃん」

鏡のなかの自分自身にツッコんで、私は机に立てたスマホの前に座《すわ》った。

まもなく十八時。ドアをノックするような気分で、マグサリタのアプリをタップする。

入会して一週間が経《た》ち、ログインのＩＤとパスワードは指がもう覚えている。

【受講者ＩＤ１５××× ハロハロコース 立石《たていし》のの花《か》】

レッスン開始ボタンをタップすると、真っ黒だった画面にパッと光があふれた。

「Hello?《ハロー》」

褐色《かっしょく》の肌《はだ》、真っすぐな眉《まゆ》のジョシュア先生が現れる。

「Hello!」

私はアプリコット色の唇《くちびる》を開く。

私がオンライン英会話マグサリタに入会したのは、お母さんがきっかけだった。

「のの花は高校生、拓斗《たくと》も中学生になるんだし、私だって自分の時間を楽しまなくっちゃ！」

私と弟、それぞれの卒業式が終わった今年の三月。そう意気込《いきご》んだお母さんは、パートで貯《た》めたお金でノートパソコンを買った。

「何で新しいパソコン買ったの？　お父さんのがあるじゃん」

食卓《しょくたく》でつやつや光るノートパソコンを見た私が聞くと、

「オンライン英会話を始めるの。だから自分専用のパソコンがほしかったのよ」

お母さんの表情は、桜の蕾《つぼみ》に負けないくらい希望に満ちていた。

「私ね、英会話をマスターしてアメリカに一人旅するのが夢だったの。オンラインなら、時間的にパートや家事と両立できそうだし」

「えっ、そんな夢初めて聞いたんだけど。お母さん、新婚《しんこん》旅行だって国内にしたって言ってたじゃん」

頭のなかにそんな夢がしまわれてたなんて。私は半信半疑で、食卓のイスに座るお母さんのつむじを見下ろした。

「もう入会したのよ」

お母さんがマウスでクリックすると、パソコン画面にはヤシの木のイラストとともに【オンライン英会話　マグサリタ】というカラフルな文字が表示された。

「マグサリタ？　これってどういう意味？」

私がまだ知らない英単語かと思って聞くと、

「フィリピンの言葉で『話す』って意味なんですって」

「何でフィリピン？」

「これ見て」

お母さんは【講師一覧】をクリックした。

すると、ホームページにズラッと並ぶ先生たちの顔写真が現れた。その顔立ちや肌の色は、欧米人《おうべいじん》よりも私たち日本人に近い気が……。

「講師はみんなフィリピン人なのよ」

「え？」

そのとき私の頭に浮《う》かんだのは、中学の英会話の授業で教わっていたスミス先生だ。アメリカ出身で、白くなりかけた金髪《きんぱつ》のおじさんだった。

「英会話教室って、アメリカとかイギリスとか、欧米のネイティブの先生じゃないの？　フィリピンって東南アジアでしょ？」

「私も知らなかったんだけど、フィリピン人って英語力が高い人が多いらしいわよ。公用語はフィリピノ語と英語の二つ。だから小さい頃《ころ》から英語を学んでるんですって」

「へー、頭いいんだね」

そのときはそれ以上の感想を持たなかった。

でも。高校の入学式に合わせたように、季節外れのインフルエンザにかかったことが転機になった。

「やーだー。最初の一週間学校行けないなんて、もう最悪。友達できないじゃん！」

涙《なみだ》と鼻水をたらしながらジタバタする私を、

「もう、ぐだぐだ文句言ってってもしょうがないでしょ」

お母さんはあきれ顔でなだめながら、「あっ」と何かを思いついた。

「のの花も、お試《ため》しでオンラインレッスンやってみる？」

「お試し？」

「一回だけ無料で体験できるのよ。ヒマなんだから、やってみたら？」

入学式に参加できなかった可哀想《かわいそう》な娘《むすめ》にヒマって言い方はないでしょ。私はむすっとしながら、鼻声で答えた。

「やらない」

中学校での英語の成績はいまいちだった。

何が原因かといえば、スピーキング。

英文を読んだり書いたりするのは、わりと好き。頑張《がんば》った分だけ上達するのがうれしかった。

でも英語をしゃべるとなると、発音が変じゃないかな、どう思われるかなと周りを気にするあまり、頭のなかは真っ白。声が震《ふる》えて全然しゃべれなかった。

英語に限ったことじゃない。幼稚園《ようちえん》の卒園発表会の劇で、セリフの少ないハリネズミ役にしてもらったのに、緊張《きんちょう》のあまり泣き出してしまった。

物心がついた頃から、私はすっごくあがり性《しょう》なんだ。

なのに、お母さんは私の主張をスルーして、ちゃっちゃと体験レッスンの予約をすませた。

「まあ気が向いたらやってみたら？　三日後の十五時からで申し込んだよ。どんな先生になるかは分からないけど」

もう症状《しょうじょう》も治まって退屈《たいくつ》していた三日後。

私の頭のなかはまだ見ぬクラスのことでいっぱいだった。ああこうしている間にも、友達グループが形成されてしまう。きっともうみんなはＳＮＳでつながったりしてるんだろうな……。

食事をしていても、スマホで動画を見ていても、ゲームで遊んでみても。焦《あせ》る気持ちが止まらない。

ふと気づくと、スマホに表示された時刻は十四時五十七分。

一瞬《いっしゅん》でも気分転換《てんかん》できるなら……！

私はゴロゴロしていたベッドからばっと起き上がり、お母さんにもらったメモを机の引き出しから取り出した。マグサリタの体験用ＩＤとパスワードだ。

レッスンは、スマホでも受講できると聞いていた。スマホをきゅきゅっと服の袖《そで》で拭《ふ》いて、えいっとログインする。

レッスン開始ボタンをタップすると、

「Hello!」

画面にはヘッドセットをつけた先生が現れ、私に手を振《ふ》った。

え？　ウソ、若いんですけど！

映っているのは二十代前半くらいの男性の先生だった。反射的にドキッと身構える。

青いロゴTシャツを着て、前髪を立ちあがらせた爽《さわ》やかな黒髪スタイル。すっと凜々《りり》しい眉が印象的だ。

できれば女性の方が緊張しなくてすむんだけどな……。

先生のすぐ両側は、白いパーテーションで仕切られているのが見える。ネットカフェのブース席みたいなオフィスにいるらしい。

「は、ハロー……」

家でハローとか言っちゃってる気恥《きは》ずかしさ。お母さんのいるリビングじゃなくて、自分の部屋にしてよかった。

「My name is Joshua Dela Cruz. What's your name?（僕《ぼく》はジョシュア・デラクルスです。君の名前は？）」

ジョシュア先生はゆっくりと発音した。私はぎこちなく返す。

「えっと、My name is...Nonoka Tateishi.（私は……立石のの花です）」

「Nonoka, nice to meet you!（ノノカ、はじめまして！）」

画面の向こうで先生が右手を差し出している。

あ、エア握手《あくしゅ》か。私も真似《まね》して手を差し出す。

もちろんその手の温度や感触《かんしょく》は分からない。

でも今、この会話がフィリピンとつながっているんだと思うと、何だか不思議な気分だった。

私は日本の外に出たことがない。外国人の友達だっていない。ていうことは、私の声は今までの人生で一番遠いところに届いてるんだ。

画面には先生の姿とともに、電子テキストが表示されている。それに沿って、三十分間のレッスンは行われるらしい。

お試しレッスンの内容は、簡単な自己紹介《しょうかい》の練習だった。名前、誕生日、家族構成。中学一、二年生ですでに習ったような内容だ。

よし、落ち着け。これなら大丈夫《だいじょうぶ》。

そう思っていたのに。

「My birthday is… （私の誕生日は……）」

あれ？　ウソ、ど忘れ！

十月って何ていうんだっけ。ウソでしょ、高校受験の英語だって乗《の》り越《こ》えたのに。

えーっとえっとえっと……。私の頭のなかでかくれんぼをしている十月という英単語を必死に探す。

あ、見つけた！

「Octopus《オクトパス》!」

そう言ったとき、先生がきょとんとしたのが分かった。

え、どうしたの？

私は自分の発言を反芻《はんすう》して、はっと気づいた。

『私の誕生日はタコです』……！

その瞬間、画面の向こうからでも分かるほど、真っ赤になっていたはずだ。それこそ、ゆでダコみたいに。

「ノーノー！　October《オクトーバー》の間違《まちが》いっ。あーもー、ソーリー、すみません」

思わず両手で顔を覆《おお》い、日本語交じりで弁解する。ここがもしリアルな教室だったら、みんな大笑いだ。

ああ、やっぱりお試しレッスンなんかするんじゃなかったな。私には、無理だ。電波が悪いふりをしてスマホの電源を切ってしまおうか。

でも、

「OK, OK. No problem.（OK、OK。全然問題ないよ）」

ジョシュア先生は白い歯をのぞかせた。

「Nonoka, don't be shy.（ノノカ、恥《は》ずかしがらないで）」

私の間違いを包み込むような大らかな笑顔《えがお》。

……この先生なら、大丈夫かも。私は、電源ボタンにふれていた指をそっと外した。

もう少しだけ、やってみよう。

気を取り直して、レッスンを続ける。

両親と弟の四人家族だということ。生まれたときから東京に住んでいること。

何の変哲《へんてつ》もないプロフィールを先生は興味深そうに聞いてくれた。

つっかえても、言葉が見当たらなくて黙《だま》り込《こ》んでも、先生は、顔をしかめたり嗤《わら》ったりしない。

両頬《りょうほお》に笑窪《えくぼ》を浮かべて、一生懸命《いっしょうけんめい》聞き取ろうとしてくれた。

ジョシュア先生は自分の話もしてくれた。

「I have six brothers and sisters.（僕には六人のきょうだいがいるんだ）」

「Six!?（六人!?）」

思わず聞き返す。

「Yes. We are nine in the family. Father, mother, four brothers, two sisters, and me.（うん。うちは九人家族なんだ。父さん、母さん、四人の兄弟と二人の姉妹《しまい》、それと僕）」

すっごい大家族！　そう伝えたくて言葉を探す。

「えーっと。Very big family!」

「Yes, big family!（そう、大家族でしょ！）」

先生がまた笑窪を浮かべて頷《うなず》いた。

通じたっ。こんな単純な言葉でも、やりとりできたうれしさが込み上げる。

「Big families are common in the Philippines. How about Japan?（フィリピンでは大家

族は一般的《いっぱんてき》だよ。日本はどう？）」

私は首を横に振る。今のところ、そこまできょうだいの多い子に出会ったことはない。

日本も昔はきょうだいが多かったなんて話を聞いたこともあるけど、今ではテレビで大家族として特集されるくらい珍《めずら》しい。

でも、フィリピンではこれがふつうなの？

これだけでもうカルチャーショックだ。

不意にジョシュア先生が悲しそうな顔をした。

「Our time is over.（ここで時間切れなんだ）」

「え？」

一瞬、何を言われたか分からずきょとんとしていると、先生が腕時計《うでどけい》を指さす仕草をした。

あ、もうお試しレッスンの三十分が経ったの？

「See you, Nonoka!（じゃあまたね、ノノカ！）」

ジョシュア先生の姿がプツッと消え、画面がブラックアウトする。

とたんにいつもの日常に引《ひ》き戻《もど》された。雑然と散らかった机、タンスにうっすら積もったホコリ。

「緊張したーっ」

私はイスにもたれた。背中にびっしょり汗《あせ》をかいていた。

でも、熱が下がったときみたいにスッキリしている。

楽しかった、かも。それに、レッスンの間はもやもやした高校の悩《なや》みから遠く離《はな》れることができた。まるで二人で観覧車に乗っていたみたいに。

初めてフィリピンにつながったスマホを片手に、私はリビングに顔をのぞかせた。

「お母さん。私、英会話の体験レッスンやってみた」

「あらそう。どうだった？」

パソコンで旅行サイトを見ていたお母さんが顔を上げた。

「うんまあ……」

「まあって何よ」

最初はやらないと意地を張っていたのに、楽しかった、と素直《すなお》に言葉にするのが恥ずかしい。

だけど。言わなきゃ。

だってあの笑顔にまた会いたい。

するとなぜか、ジョシュア先生の「Don't be shy.」の声を思い出した。

大丈夫、言える。

「あのさ、体験じゃなくて、続けてもいい？」

こうして、私はマグサリタに正式入会することになった。コースは、お母さんと同じ、週二回レッスンのハロハロコース（週五回レッスンのドリアンコースもある）。高校から帰宅後にレッスンを受けられるように、水、金曜日の十八時からを希望した。

入会すると担任の先生がつく。

「担任の先生が決まり次第《しだい》、事務局から連絡《れんらく》が来るよ」

「えっ、そうなの!?」

担任はジョシュア先生とは限らないってこと？

何だ、ちょっとがっかり……。でも、そんなこと、お母さんには照れくさくて言えない。

翌日、担任が決まったという事務局からのメールを祈《いの》る思いで開くと。

そこに書かれていたのは、ジョシュア先生の名前だった。

今日はフリートークの日。

ハロハロコースでは、毎週英文法とフリートークのレッスンが一回ずつ。私の場合、水曜日が英文法のレッスンで、金曜日はフリートークのレッスンだ。

「How is the weather today in Tokyo?（今日の東京の天気はどう？）」

「It's sunny. How about in the Philippines?（晴れです。フィリピンは？）」

「It's sunny here, too. It's 30 degrees.（こっちも晴れだよ。気温は三十度ある）」

ジョシュア先生と顔を合わすのも四回目。緊張が解けたせいか、こういう簡単な会話なら言葉がスムーズに出るようになったことがうれしい。

頭の片隅《かたすみ》で、先生がアプリコット色の口元に気づいてくれるといいなと思いながら。

フリートークのレッスンでは毎回、おたがいの最近の出来事や好きなものを紹介することになっている。

「Nonoka, what fruit do you like?（ノノカ、君はどんなフルーツが好き？）」

「えーっと……I like strawberry. How about you?（いちごが好きです。先生は？）」

「Umm, I like mango. There's a mango tree near this office.（マンゴーかな。このオ

フィスの傍《そば》にマンゴーの木があるよ)」

「Wow!《わーお》」

わーお、なんて目を見開いちゃってる自分に、もう一人の冷静な自分がツッコミを入れる。

学校の誰《だれ》かが見たら、きっと別人だと思うだろう。学校でしゃべらない私が、コロコロと表情を変えて笑っているところなんて、きっと誰も想像できない。

一週間遅《おく》れの高校デビュー。予想通り、教室のなかにはすでに友達関係の地図が出来上がりつつあった。

それでも私に積極性があれば、そんな遅れは取り戻せたのかもしれない。そう思うと情けない。地図の一部に自分を組み込めなかった私は、まるで離れ小島みたいだ。

自分から話しかけるよりも待つタイプの私は、気がつけば休み時間は本を読んで過ごすようになった(スマホをさわりたいけど、電源はオフという校則を私は律儀《りちぎ》に守っていた)。

本の文字を追っていても、周りの楽しそうな話し声に気が引っ張られ、ページのなかですぐ迷子になってしまう。

そんなとき、私は目を閉じて思い浮かべる。

フィリピンにいるジョシュア先生。大丈夫、私の居場所はこの学校だけじゃない。

週二回、三十分だけだとしても、私にとって大切な手のひらサイズの教室だ。

学校でじっと黙っている私を、ジョシュア先生には知られたくないな。元気で明るい、Don't be shy なノノカでいたい。


ジョシュア先生とのレッスンが終わると、私は今日のレッスンの内容をノートに記録しながら、片隅に〝Jはマンゴーが好き〟と書き込んだ。

ノートをさかのぼれば、あちこちに書き込みがある。

〝Jは二十四歳《さい》〟

〝ギターが趣味《しゅみ》〟

〝同じスペルの名前の俳優がいる〟

〝いつか東京スカイツリーに行ってみたいと思ってる〟

もっと知りたい。

どんな音楽を聞いて、どんな動画やテレビを見てるんだろう。スマホを駆使《くし》しても、私が入手できるフィリピンの情報は少ない。韓国《かんこく》ドラマみたいに、日本でフィリピンの番組もたくさん放送とか配信とかされればいいのにな。

上達すべきは英語のはずなのに、フィリピンが、ジョシュア先生が、気になって仕方ない。

2

弾《はじ》ける泡《あわ》の数はおんなじ

「おーっ、打ったぞ!」

「よっしゃー!　ホームランッ」

四月の終わり。ゴールデンウィークが始まったばかりの土曜日に、リビングでお父さんと弟の拓斗が野球中継《ちゅうけい》を見ていると、

「ちょっと静かにしてよ。今、オンライン英会話のレッスン中なんだから」

寝室《しんしつ》にいたお母さんが怖《こわ》い顔でやってきた。

スマホをいじっていた私は、お父さんたちの代わりにリモコンでテレビの音量を下げた。

「何だよ、別にいいじゃん」

「おう、ごめんごめん。分かった分かった」

口をとがらせる弟とは違《ちが》って、お父さんは反省のそぶりを見せたけれど、私は知っている。お父さんが二度重ねた言葉に、誠意はないってこと。

ゴールデンウィークを祝して、昼間からビールを飲んでいるお父さんは、お母さんが部屋に戻《もど》ったとたん、舌打ちをした。

「お母さんの英会話なんてお遊びだろ」

「何、その言い方」

くちゃくちゃとナッツを頬張《ほおば》り、げぽっとゲップをするお父さんを私は睨《にら》んだ。

「だってそうじゃないか、仕事で英語を使う訳じゃないんだし。講師だってネイティブイングリッシュじゃないんだろ？　東南アジアの英語って、訛《なま》ってるんじゃないの？　のの花も今のうちに、ネイティブの英会話教室に替《か》えた方がいいぞ」

お酒が入ると、お父さんは急に口が悪くなる。この前だって酔《よ》っぱらって、「誰《だれ》のお金で飯を食ってんだよ」とかネットなら炎上《えんじょう》しそうな発言をしていた。

そもそも、お父さんはカタカナ英語だってしゃべれないじゃん。もし先生が訛ってたって気づけないはずでしょ。

そう言い返そうと口を開きかけたとき、

「どうせ人件費が安いから雇《やと》ってるんだろ」

お父さんの言葉に、ずきんと胸が痛んだ。

私は昨日のフリートークのレッスンを思い出す。

「Today I went to Bean Prince and had cafe latte. Do you drink it too?（今日、ビーンプリンスに行って、カフェラテを飲んだんです。先生も飲みますか？）」

アメリカ発祥《はっしょう》のビーンプリンスは、世界中に進出しているカフェだ。略してビプリ。日本でも街に出かければ必ずといっていいほど見かけるし、フィリピンでも有名なはず。

ビプリでカフェラテを飲むおしゃれな女子高生と思われたくて、つい背伸《せの》びしてウソをついてしまった。

きっとジョシュア先生も、「おいしいよね」とリアクションをしてくれると思っていた。

でも私の期待とは反対に、ジョシュア先生は困ったように眉《まゆ》を下げて笑った。

「Well...I don't drink it often. Because it's expensive.（うーん……あんまり飲まないな。高いからさ）」

あ。私、マズい質問をしてしまった……？

ジョシュア先生の初めて見る表情に、内心うろたえた。

レッスン後、私はスマホで「フィリピン　物価」と検索《けんさく》してみた。

そうしていくつか知ったことがある。

フィリピンの物価は日本よりずっと安い。それは、その分平均の給料も安いということだ。また、貧富《ひんぷ》の差が激しい国の一つだとも書かれていた。

フィリピン人の平均賃金は、日本円に換算《かんさん》すると月に四万円程度。これって、日本では学生でも稼《かせ》げる金額だ。高校生になったばかりの私でも、週に数回バイトを頑張《がんば》れば、もしかしたらジョシュア先生のお給料を超《こ》えてしまうかもしれない。そう思うと、何だか申し訳ないような気持ちになった。

さらにネットで調べると、ビプリのコーヒーやカフェラテの値段は、日本でもフィリピンでもさほど変わらないらしい。

フィリピンではとても高価な飲み物だったんだ……。

何気ない言葉が、ジョシュア先生を傷つけたかもしれない。愚《おろ》かな発言をした自分を取り消したかった。

ジョシュア先生は私のことをどう思っただろう。裕福《ゆうふく》な日本の、無知な高校生だって、憎《にく》たらしく思ったかな。

考えれば考えるほど、昨日からずっと胸が締《し》め付《つ》けられている。

明日の五月一日から約一週間、日本の五月の連休に合わせて、マグサリタも休講だ。しばらく時間を置けることにほっとする気持ちと、今すぐ先生の笑顔《えがお》を見て安心したい気持ちが混ざり合う。

次回のレッスンで、先生は私にどんな表情を向けるだろう。

そのとき、野球中継の音に混じって、手のひらでスマホが鳴った。おばあちゃんからのメッセージだ。

《のの花ちゃんへ

お元気ですか？　おばあちゃんは元気です。今度、図書館でおはなし会があります。その練習をしたいのですが、明日、のの花ちゃんは空いてますか？　お菓子《かし》を用意して待っています。おばあちゃんより》

おばあちゃんのメッセージは、いつもお手紙みたいだ。

おばあちゃんは、私のお母さんの母親。ここから歩いてほんの五分のところにおじいちゃんと一緒《いっしょ》に住んでいる。

おばあちゃんは私が生まれる前から、地域の図書館でおはなし会のボランティアをしている。おはなし会っていうのは、子どもたちを集めて絵本を読み聞かせたり昔話を語ったりするイベントで、司書さんとボランティアが一緒に開催《かいさい》している。

おばあちゃんは月一回、おはなし会に参加していて、子どもたちに昔話を語っている。私や拓斗が小さい頃《ころ》は一緒に聞きに行ったけれど、二人とももうおはなし会を卒業する年《ねん》齢《れい》になった今では、私がおばあちゃんの家に行って練習に付き合っている。拓斗は「昔話なんてコドモじみてる」と嫌《いや》がるけど、私は今でも楽しみにしてるんだ。

おばあちゃんの昔話を語る声を思い出すと、何だか優《やさ》しい風が吹《ふ》いたように、気持ちが穏《おだ》やかになってきた。

私はおばあちゃんのノリに合わせて返信する。

《おばあちゃんへ
明日、大丈夫《だいじょうぶ》だよー。十四時頃行くね。今度はどんなおはなしか楽しみにしてるよ！

のの花より》

日曜日。おばあちゃんの家の玄関《げんかん》に着いたとたん、予想通りの質問をされた。

「久しぶり。のの花ちゃん、高校生活はどう？　もう慣れた？」

なかった。

「うん、まあ楽しいよ」

靴《くつ》を脱《ぬ》ぎながら答える。余計な心配はさせたくない。おばあちゃんが悲しむ顔を見たく

「そう、よかった。ねえ、カッコいい人はいた？」

おばあちゃんは、いたずらを企《たくら》むように瞳《ひとみ》を輝《かがや》かせた。

「…………」

「あらあら、ごめんなさいね、変なこと聞いて。さあさ、どうぞ上がって」

ううん、おばあちゃん、そうじゃないよ。

思わず黙《だま》ってしまったのは、思《おも》い浮《う》かんだのがクラスの男子じゃなくて、ジョシュア先生だったから。それを知ったら、おばあちゃんはどんな反応をするかな。

家に上がると、おじいちゃんはスポーツクラブに出かけていて留守だった。

「おばあちゃんのおはなし会へようこそ」

和室で座布団《ざぶとん》を渡《わた》される。観客は、私のほかにキツネとクマのぬいぐるみ。ふたりも座布団にちゃんと座《すわ》っている。

私はいつものように畳《たたみ》のにおいを吸《す》い込《こ》む。わが家には和室がないから、このにおい

は、おばあちゃんから聞くおはなしの記憶《きおく》と結びついている。

「今日のおはなしは『ホットケーキ』です」

おばあちゃんの語る〝おはなし〟は、いつも昔話。

昔話を語るとき、おばあちゃんは本を見たりしない。語る言葉はすべて、おばあちゃんの頭のなかに入っている。

おばあちゃんが座椅子《ざいす》にちょこんと座って語り始めたのは、フライパンから飛び出して外の世界へ転がっていくホットケーキのおはなしだ。

私の頭のなかにはコロコロ転がるおいしそうなホットケーキが思い浮かんで、自然と頰が緩《ゆる》んでいた。

「おもしろかったー」

おはなしが終わると、お腹《なか》いっぱいになったような満足感が広がった。

「それはよかった。これはノルウェーの昔話なのよ」

「ノルウェー?」

「そう。私は飛行機が苦手で一度も海外に行ったことはないけど、こうして昔話を語ることで、外国も何だか身近に感じるの。場所は遠く離《はな》れていても、人って昔から同じようなことに泣いたり笑ったりするんだなあってね」

お菓子用意してくるわね、とおばあちゃんが立ち上がった。

「のの花ちゃん、飲み物はいつものでいい？」

「やった、ありがとう」

おばあちゃんを待っている間、何気なく和室の本棚《ほんだな》を眺《なが》めていた。日本や世界の昔話の本がズラッと並んでいる。

おばあちゃんは、いつもこのなかから昔話を選んで覚えてるのかな。一つのおはなしをまるっと覚えちゃうんだから、どれだけ練習してるんだろう。

そんなことを考えていると、ある本に目が惹《ひ》きつけられた。

『子《こ》どもに語《かた》るアジアの昔話《むかしばなし》』

アジアってことは……。

私は人差し指を伸《の》ばし、その本を棚から取り出した。

象、植物、鳥たちが描《えが》かれた表紙のイラストは、とってもエキゾチックな香りがする。

もしかしてと期待を込めて、目次のページを開くと……。

「あった、フィリピン！」

目次には、昔話のタイトルと国名が書いてある。タイ、インド、ベトナムといった国々と並んで、フィリピンの昔話も載《の》っていた。

「のの花ちゃん、フィリピンに興味があるの？」

おばあちゃんがトレーを持って和室に戻ってきた。

「あ、うんちょっと……。おばあちゃん、フィリピンの昔話も図書館で語ったことあるの？」

オンライン英会話を秘密にする必要はないのに、何となくごまかしてしまった。

「そういえばフィリピンはまだないねえ。昔話って世界中に、たっくさんあるから、なかなか語り切れないわ」

おばあちゃんは座卓《ざたく》に、ポテトチップスやチョコレート菓子の盛られたお皿を並べた。

それと一緒に置かれたのは、赤いラベルのペットボトル。プシッという音とともに、無数の泡が目覚めた。

私たちの〝いつもの〟。それはこのコーラのこと。

おばあちゃんは七十歳《さい》を超えているけれど、意外にもコーラが好物だ。

「おじいちゃんには、いい歳《とし》してって笑われるけどね。こうやって、のの花ちゃんと一緒に飲むのが楽しみなの」

「いいじゃん。コーラに年齢制限なんてないもんね」

弾ける泡を感じるのに、年齢なんて関係ない。

おばあちゃんが氷入りの二つのグラスにコーラを注《つ》ぐ。しゅわわわと炭酸が弾け、カラメル色がグラスを満たしていく。

こうやって、いつも、昔話を聞いた後におばあちゃんと半分こするコーラは、私のお気に入りだ。

あのレッスンのとき、背伸びなんかしないでコーラが好きって言えばよかったかな……。そんなこと考えたって、もう後の祭りだけど。

「ねえ、おばあちゃん。さっきの本、借りてもいい?」

「もちろん。ゆっくり読んでいいわよ」

帰《かえ》り際《ぎわ》、おばあちゃんが本を紙袋《かみぶくろ》に入れてくれた。まるで、まだ味わったことのないドーナツが入っているみたいにワクワクする。なかから匂《にお》いがするわけじゃないけれど、
私は大きく息を吸い込んだ。

常夏《とこなつ》のフィリピンの昔話ってどんなだろう?　ジョシュア先生も子どもの頃に聞いたこ

とあるのかな。

私、やっぱりフィリピンのことも、ジョシュア先生のことも、もっと知りたい。


連休中、私は繰《く》り返《かえ》しその本を読んだ。

私が気に入ったフィリピンの昔話は、「漁師《りょうし》の娘《むすめ》」。

主人公は、漁師の父を持つマリキットという少女。小さな舟《ふね》で海に出るのが好きなマリキットは、湾《わん》の神で半人半魚（！）姿のマクシルによって誘拐《ゆうかい》される。

宮殿《きゅうでん》で何不自由ない暮らしを与《あた》えられるけれど、どうしても年老いた両親のために帰りたくて、海の仲間に協力してもらい陸に脱出《だっしゅつ》するというストーリーだ。

悪役マクシルの姿や口調を想像したり、陸へ逃《に》げようとするマリキットが大イカに追われるシーンにハラハラしたり。

不思議なことに、何度読んでも飽《あ》きることがなかった。

何より、行ったことのないフィリピンの海の色や景色を思い浮かべるのが楽しかった。

フィリピンの海で冒険《ぼうけん》をしたマリキットが、ちょっとうらやましい。

連休が明け、約二週間ぶりのレッスンが始まる直前も、私はその本を読んでいた。

緊張《きんちょう》、する。

私はぱたんと本を閉じる。

ああ、嫌《きら》われてたらどうしよう。

私はまだ、前回のフリートークを引きずっていた。きっとジョシュア先生はそんなに根に持ったりしないと自分に言い聞かせても、いつもの笑顔を見るまでは安心できない。

今日水曜日は、英文法のレッスンだ。いつも簡単な雑談を切り上げると、すぐテキストに沿って学習が始まる。

これまでは、どっちかというと金曜日のフリートークの方が好きだった。聞き取れなかったり英語が出てこなくて唸《うな》ってしまったりすることもあるけれど、それでも、ジョシュア先生の話を聞けるうれしさの方が大きかった。

でも、今は……。フリートークのレッスンがちょっと怖い。

この間みたいに、私の無知で先生を傷つけてしまうかもしれないから。英文法のレッスンなら、テキストに沿って学習するだけで、そんな心配をしなくてすむ。

ドキドキしながら、いつものように、机にスマホを立ててログインをした。

連休中、先生はどんなことをしてたんだろう。そもそも、フィリピンにもゴールデンウィークってあるのかな。

私は深呼吸をしてから、レッスン開始ボタンをえいっとタップした。

「Hi, Nonoka!」

「え⁉」

スマホに映ったジョシュア先生の姿に、私は目を丸くした。

だって……猫耳《ねこみみ》カチューシャ着けてる⁉

「Oops! Before this lesson, I gave a lesson to a little boy.（おっと！ このレッスンの前は、小さな男の子のレッスンだったんだ）」

あぜんとした私の反応で気づいたのか、ジョシュア先生は、照れくさそうにカチューシャを外した。どうやら外し忘れていたらしい。

凜々《りり》しい眉の上に生えた、黒いフワフワの猫耳はミスマッチすぎる。

何だか、可愛《かわい》い。

思わずぷっと吹き出すと、さっきまでの緊張もどこかに飛んでいった。

ちっちゃい子を一生懸命《いっしょうけんめい》あやしながら英語を教えるジョシュア先生を想像して、何だかにまにましてしまう。

「Excuse me.（ちょっとごめん）」

場を仕切り直すためか、ジョシュア先生は机の下から飲み物を取り出した。

あっ。ジョシュア先生が握《にぎ》っていたのは、赤いラベルのペットボトル。

「Do you like cola!?（先生、コーラが好きですか!?）」

レッスンに入ってしまう前に、私はスマホに身を乗り出した。

「Yes, of course! I drink it a lot.（うん、もちろん！　よく飲むよ）」

先生がコーラのペットボトルをカメラにぐっと近づけた。私がおばあちゃんと飲むのと同じ、あのラベルだ。

「Me too!!（私もです!!）」

その一言に二週間分の気持ちを込めた。

もっと、私がおしゃべりが得意で英語を滑《なめ》らかに話せたなら、さりげなく「この間はカッコつけちゃったんです」って弁明できたかもしれない。

でも。今、画面の向こうでコーラを片手にカラッと笑う先生を見ていたら、もうそんな必要はない気がした。

国や環境《かんきょう》が違《ちが》ったって、そんなことを抜《ぬ》きにして分かり合える気持ちもある。おばあちゃんと私が、歳の差に関係なく同じものをおいしいと思えるみたいに。

そりゃ環境が違うから、これからも私はズレた発言をしちゃうこともあるかもしれない。

でも、そこを怖がらなくてもいいのかも。

変に遠慮《えんりょ》しちゃうより、たくさん会話して共感できるところを見つけたい。

先生のコーラを見ていたら喉《のど》が渇《かわ》いて、私はごくっとつばを飲み込んだ。

私とジョシュア先生がそれぞれの場所でコーラのボトルを開ければ、きっとおんなじ数の泡が弾けている。

3 青空とアドボ

一人でいるつらさが北風のように刺《さ》さるのは、昼休みだ。

うちの学校には、パンやおにぎりを売っている購買部《こうばいぶ》はあるけれど食堂はない。生徒は基本、教室でお弁当を食べる。

四月は、「一緒《いっしょ》にお昼食べていい？」と声をかけて、いくつかのグループに交ぜてもらっていた。でも、何だか私が入ることでグループの会話のテンポがずれてしまうし、場の温度を下げないための笑顔《えがお》をつくることにも疲《つか》れてしまった。

久々のオンライン英会話の翌日、昼休みになると私はお弁当バッグを持って教室を出た。

どこかないかな。一人でいても、目立たないところ。

屋上は鍵《かぎ》がかかっている。校庭じゃ教室の窓から丸見えだし、中庭のベンチはいつも人気だし……。

うろうろしていた私は、ふと思いついた。

あ、駐輪場《ちゅうりんじょう》は？

学校の裏手には、車通勤の先生や来客のための駐車場と、その脇《わき》に自転車通学の人たちの駐輪場がある。

あそこなら、人がいないかも。教職員用の自転車のサドルを借りて、お弁当食べられそうだし。

案の定、駐輪場に人気はなかった。おまけに屋根もある。ここなら、雨の日でもいけるかも。

教職員用の自転車の荷台にお弁当を広げ、サドルに軽く横座《よこずわ》りする格好でお弁当を食べる。

It's so comfortable!（かーいてきっ！）

う～んっと伸《の》びをして、解放感を味わう。青空の広がる五月の陽気が心地《ここち》いい。

でも、夏になったらどうしよう。汗《あせ》をダラダラたらしながらお弁当なんてヤだな……。

まあ、そのとき考えよっと。

食べ終わると、私はお弁当バッグのなかに忍《しの》ばせていた昔話の本を取り出した。

午前中の休み時間もずっと「漁師の娘」を読んでいた。教室で一人ぼっちでも、フィリピンとつながっていられるような気がして。

何度もリピート読みしてるから、内容は頭に入ってる。

でも、ストーリーをざっくり覚えることと、それをみんなの前で語ることは全然違《ちが》う。

おばあちゃんは図書館でたくさんの昔話を語っててすごいなあ。

私はふと、周りを確認《かくにん》してから、

「ずっとむかし、フィリピンの島々が、まだスペイン人の手に落ちていなかったころ、このあたりに、ひとりの漁師が住んでいました」

「漁師の娘」のなかの一文を読み上げてみた。

今日、登校してから、出席点呼のとき以外は黙《だま》っていたせいか、声を出すと気持ちがふっと軽くなった。

何だか楽しくなってきて、続きの文章も声を出して読み進めた。

いよいよ、湾《わん》の神マクシルの登場シーンだ。

「マリキットが、おそるおそる目を上げてみると、そこに、背の高い、半分人間で半分魚の青銅色の男が……」

ふと後ろに人の気配を感じ、私は本から顔を上げた。

ぐるっと首を回して見ると、自転車三台分ほど離《はな》れた場所に女の子が立っていた。確か、同じクラスの木原風羽《きはらふう》さん。すらっとした手足に小さな顔。耳にかけたショートヘアがよく似合う。

「あ、えっと……」

私はとっさに目をそらす。

どうしよう。変なところを見られてしまった。

「自転車の前カゴに、体操着忘れたの。五時間目体育だから取りに来た」

木原さんは、体操着入りのバッグを握《にぎ》った腕《うで》を持ち上げてみせた。

「そうなんだ……」

何気なく、私は開いたページを手のひらで覆《おお》っていた。

あーもう、本を声に出して読んでいるところを見られるなんて。クラス中に私のぼっち遊びのウワサが広まったらどうしよう。そう思うと、何だか息が苦しくなった。

でも。木原さんは思いがけないことを言った。

「それ、『漁師の娘』でしょ?」

「知ってるの!?」

木原さんは頷《うなず》く。

「読んだのは、小学生の頃《ころ》だけど。えーっと、マクシルだっけ？　そのビジュアルが衝撃《しょうげき》的《てき》だったから覚えてる」

まさか登場人物の名前まで口から出てくるとは。

じゃ、と立ち去ろうとする木原さんを「あのっ」と私は呼び止めた。

「何でこの本を読んだの？」

この学校にフィリピンの昔話を知ってる人が、私以外にもいるなんて。

もしかしてフィリピンに興味があるのかも。そう思ったら引き止めずにはいられなかった。

「うちの母親、フィリピン人だから。血はつながってないけど」

木原さんはさらっと言った。

わ、どうしよう。家の事情に立ち入ってしまった？

でも、ここでごめんと謝《あやま》るのも何だか違う気がする……。

変に空いてしまった間をスポッと埋《う》めたのは木原さんだった。

「気にしないでいいよ。隠《かく》してるわけじゃないし。言いふらす必要もないけど、別に知られてもかまわないから」

木原さんの動じない態度は、何だか慣れている感じだ。これまでも、色んな人にそう説明してきたのかもしれない。

「私が小学二年生のときお母さんが亡《な》くなって、四年生の頃にお父さんが今の母と結婚《けっこん》することになったんだ。で、フィリピンってどんな国なのかなって学校図書館で調べてたら、その本を見つけたの。まあ、母に聞いたらその昔話知らないって言ってたけどね」

そう言って木原さんは笑った。

「えっ、有名な昔話じゃないのっ？」

てっきり、日本でいう「桃太郎《ももたろう》」とか、「かぐや姫《ひめ》」とか、誰《だれ》でも知ってるポジションの昔話かと思っていた。

「立石さんこそ、何でフィリピン？」

「あーっと……。私、オンライン英会話やってて、その先生がフィリピン人なんだ。それで、何となくフィリピンってどんな国かなって、調べ始めて」

そう言いながら、私は何だか気恥《きは》ずかしくて、髪《かみ》をさわった。ジョシュア先生の名前を出したわけでもないのに。

「へー、そうなんだ。フィリピンって英語うまい人多いもんね」

木原さんはあっさり答えると、「話変わるけどさ」と私のチェック柄《がら》のお弁当袋《べんとうぶくろ》に視線を移した。

「お昼、一人？　うちのグループで一緒に食べる？」

「ああ……」

木原さんは気遣《きづか》ってくれてるんだ。私は木原さんの女子グループを思い出した。動画サイトで人気のダンスを教室で真似《まね》たりする、明るい五人グループだ。

もし私が入ることで、五人の空気がぎこちなくなったら。招き入れた木原さんが責められてしまうかもしれない。

それに、私はここで過ごす昼休みがわりと気に入った。

返事をできずにいると、チャイムが鳴《な》り響《ひび》いた。

「やばっ、予鈴《よれい》じゃん！」

「体育、早く着替《きが》えなきゃ……」

「立石さん、走ろっ」

そう言うと、木原さんは、スカートの裾《すそ》をひらりと舞《ま》わせながら、校舎へ続く道を走り始める。

その背中を追いながら、私は高校で初めて声を立てて笑った。

「木原さん、速っ！」


翌朝、登校すると、木原さんがポンと私の背中を叩《たた》いた。

「立石さん、おはよ。ちょっと来て」

昨日のことだけど、と木原さんは廊下《ろうか》の窓にもたれた。半分ほど開いた窓からは、心地いい風が流れてくる。

「フィリピンに興味のある子がいるって言ったら、お母さんがすごく喜んじゃって、ぜひうちに遊びに来てほしいって。フィリピン料理作っておもてなししたいんだって」

「えっ、いいの!?」

心が風船みたいにフワッと浮《う》き上《あ》がった。

でもその直後、不安になる。私たちは別に仲良しっていう訳じゃない。木原さんはめんどくさいことになったと思ってないかな……。

私は横目で木原さんの表情を窺《うかが》った。

「ほんとに行っても大丈夫《だいじょうぶ》？　……忙《いそが》しかったりしない？」

「全然。私、帰宅部だし。超《ちょう》せまいけど、よかったら来てよ。来週の土曜日とか空いてる？」

高校に入って初めて、クラスメイトの家に誘《さそ》われた。しかもフィリピンのごはんを用意してくれるなんて。

Don't be shy.

ジョシュア先生の声が聞こえた気がした。

「うん、行きたい！」

にっと笑顔を向けると、私はもう一歩踏《ふ》み出《だ》した。レッスンのときのノノカになった気分で。

「あのさ、木原さんのこと、風羽ちゃんって呼んでもいい？」

「風羽だけでもいいけど？」

「えっと、呼び捨てってあんま慣れてなくて」

中学時代、私のいるグループは、あだ名やちゃん付けで呼び合っていた。

「そっか。ちゃん付けって新鮮《しんせん》でくすぐったいけど。じゃあ立石さんは何て呼ぼうかな。のの花だから……ノノは？」

「ノノ……」

「違う呼び方がいい？」

ううん、と私は首を振《ふ》る。

「下の名前、覚えてくれてたんだなって……ちょっと感動しちゃって」

友達のいない私は、高校でみんなから苗字《みょうじ》にさん付けで呼ばれている。幽霊《ゆうれい》にも足がちゃんとついているのを見つけてもらった気分。

「感動って大袈裟《おおげさ》！　ノノ、おもしろいね」

風羽ちゃんが上半身を折って笑う。その姿はスクショしたいくらい、私にとっては大事な瞬間《しゅんかん》だった。

友達の家に遊びに行くと告げると、

「えっ、のの花に友達できたのっ？」

「お母さん、そんな驚《おどろ》かなくても。失礼なんですけど」

「だって、ゴールデンウィークも誰とも遊ばなかったし。ちょっと心配してたのよ」

お母さんはスーパーのお惣菜《そうざい》をテーブルの上のお皿に移しながら言った。

高校生にもなって友達関係のことを親に心配されるとかって、何だか恥ずかしいな。

「どんな子？」

「明るくて、スタイルよくて……。あと、お母さんがフィリピン人なんだって」

「フィリピン？」

お母さんの目が輝《かがや》いたのが分かった。

「のの花のクラスの親御《おやご》さんに、フィリピン人がいるなんて知らなかった。四月の保護者会で見かけなかったけど、お仕事だったのかしらね。その人、日本語話せるかな？」

「え、どうなんだろう……」

小学四年生のときに、風羽ちゃんの母親になったって言ってたから、少なくとも五年以上は日本で暮らしてるはずだけど……。何となく、二人に血のつながりがないことは黙っておいた。

「後で、英語でお礼の電話かけちゃおっかな。担任のクリスティーナ先生と練習しておかなくちゃ」

「えっ、高校生なのに親が電話するとかやめてよ」

そんな私の言葉は耳に入らないのか、お母さんの口角は楽しそうに上がっている。

もう、仕方ないな。電話一本でも、英会話の成果を発揮できる晴《は》れ舞台《ぶたい》だもんね。

風羽ちゃんが住んでいるのは、高校の隣駅《となりえき》。私の家から電車で三十分ほどのところだった。待ち合わせは駅の改札前だ。スーパーやファストフード店、バスやタクシーが行き来するロータリーがある。

キョロキョロと見回していると、フィリピンという文字が視界に入った気がして、思わず二度見すると、

【6F　フィリピンパブ】

…………。

古い雑居ビルに、蝶《ちょう》のイラストが描《えが》かれた看板があった。

フィリピンパブ。もちろん行ったことはないけれど、何となくイメージは持っている。フィリピン人のセクシーなお姉さんとお酒を飲むところ、だよね？

はっとする。

風羽ちゃんのお母さん、保護者会に来なかったって言ってたけど、もしかしてあそこで働いてたりして……？　いや、でもああいうお店って夜からだよね？

ていうか、そもそも何で〝フィリピン〟パブなんだろう。同じ東南アジアでも、タイパブやベトナムパブって言葉はあんまり聞いたことない気がする……。

「おまたせ!」

「うわあっ」

背後から声をかけられ、私の肩《かた》は跳《は》ね上《あ》がった。

「そんな驚く?」

風羽ちゃんはカラッとした笑顔だ。私服姿は初めて見たけど、黒いカットソーにパーカーをさらっと羽織ったカジュアルなスタイルが、スポーティーな雰囲気《ふんいき》の風羽ちゃんによく似合っていた。

「や、ちょっとぼーっとしてて……」

私は慌《あわ》ててフィリピンパブを頭からかき消した。

晴れわたる空のもと、二人で歩く。駅前の商店街を抜《ぬ》けると、静かな住宅街が現れた。

「そういえば、風羽ちゃんのお母さんって日本語しゃべれる?」

「うん。仕事で使うから話せるよ。漢字とかはあんまり読めないけど」

仕事。その言葉にまたドキッとした。「何の仕事?」って聞き返していいのか分からない。

「うち、あそこの三階」

風羽ちゃんが指さしたのは、オーソドックスな白い壁《かべ》のマンションだった。

「ようこそー！　待ってたよー」

ドアを開けてくれたのは、ヒマワリみたいな明るい笑顔のお母さんだった。ふくよかな体形で、茶色い髪を無造作にひとまとめにしていた。

言おうかな、やっぱり恥ずかしいからやめようかな。でも、せっかくなんだから。

「えっと、Magandang《マガンダン》 tanghali《タンハーリ》.（こんにちは）」

私は照れながら、事前にスマホで調べたフィリピンの言葉で挨拶《あいさつ》した。タガログ語といって、公用語のフィリピノ語とほとんど同じなんだって。

「Magandang tanghali!　あなたがノノカちゃんネ。フウの友達になってくれて、ありがとうねー」

どーぞ、と玄関《げんかん》を上がってすぐのダイニングに通された。

あ、何だかいい匂《にお》いがする。

ほんのり甘酸《あまず》っぱくて、まだ十二時前なのにきゅうっとお腹《なか》が鳴ってしまいそうな……。

「今、アドボできるからね」

「アドボ？」

「フィリピンの煮込《にこ》み料理《りょうり》だよ。マリアさんが得意なの」

風羽ちゃんが答える。自宅ではお母さんを「マリアさん」と呼んでいるみたいだ。

キッチンでは、深くて大きなお鍋《なべ》がくつくつと音を立てていた。匂いは、ここからみたいだ。

「座って座って～」

そう言うと、マリアさんはアドボという料理を器《うつわ》によそってくれた。

ゴロゴロしたジャガイモに豚肉《ぶたにく》、とろっとした玉ねぎが入っている。醤油《しょうゆ》で煮込んだみたいに茶色い料理だけど、どんな味がするんだろう。

「これはアクセント」

マリアさんはそう言うと、新緑のように鮮《あざ》やかなパクチーをアドボの上にちらした。

「わー、やばい、おいしそう！　写真撮《と》らせてください」

「これ、フィリピンの家庭料理ね。とってもポピュラー」

私がスマホでシャッターを押《お》しながら思い浮かべるのは、やっぱりジョシュア先生だ。

先生もアドボ食べてるのかな。

マリアさんも自分の器を用意して着席する。「いただきます」のタイミングかな、と思っていると、マリアさんはうつむき、目を閉じて何かをつぶやき始めた。

え？　思わず、マリアさんをじっと見つめてしまう。一言だけ、聞き取れた言葉があった。

「Amen《アーメン》」

あ、そっか。私はマリアさんがお祈《いの》りをしていることに気づいた。食事の前にお祈りをする人に出会ったのは初めてだ。

ふと、テーブルと同じくらいの高さの台に、キリスト像が飾《かざ》られていることに気づいた。

「Let's eat!（食べましょ！）」

パチッと目を開けたマリアさんの明るい声で、三人の食事が始まった。

生まれて初めてのアドボ。お箸《はし》で口に運ぶと、ほくっとジャガイモがほぐれ、甘酸っぱいタレとからみあう。

同じ器に盛ったごはんにもタレが染《し》みて、とってもおいしい。

「このお米、サラサラしてる……。もしかして外国の？」

「うん。タイ米の一種で、ジャスミンライスっていうの」

ジャガイモをはふはふ食べていた風羽ちゃんが答える。

「ふだんは日本のお米食べてるけど、今日はノノが来るから、マリアさんがはりきって買ってきたんだよね」

「えっ、私のためにわざわざ？」

「業務スーパー、最高ね～」

マリアさんが歌うように言い、風羽ちゃんが付け足した。

「業スー行くと、ジャスミンライスだけじゃなくて、色んな国の調味料とか、結構何でも手に入るんだよ」

そういえば。ここに来る途中《とちゅう》、緑色の看板の業務スーパーの前を通りかかったことを思い出した。

私はマリアさんの肩越《かたご》しにコンロのお鍋を見る。深さ三十センチはありそうな大きな寸胴鍋《ずんどうなべ》。私が来るからって、あんなにたくさん作ってくれたんだ……。ありがたいけど、どう考えても私たち三人じゃ食べきれない量。

「そういえば、今日って土曜日だけど、風羽ちゃんのお父さんは？　一緒に食べないの？」

どこか別の部屋にいるのかな。そう思って聞くと、

「今日は仕事。うちのお父さんシフト制で働いてるから」

「へー、シフト制のお仕事なんだ？」

うちのお父さんは週末休みのサラリーマンだから、何だか新鮮だ。

「ヒロユキさん、私と同じ介護《かいご》の仕事してるね。今日私は休み、ヒロユキさんは仕事」

「同じ介護施設《しせつ》で働いてるの。職場結婚ってやつだから」

「そうなんだ……」

そうだよね、パブでお客さんをもてなす人もいれば、英語を教える人、介護の仕事をしてる人もいる。

フィリピン人だからって、ひとくくりになんてできないんだ。話してみなくちゃ分からないことはいっぱいある。

「あー、お腹いっぱい」

アドボを二回おかわりしてから、「ごちそうさまでした」と私は箸を置いた。

4　ハロハロパーティー

「Last Saturday I ate adobo.（この前の土曜日、アドボを食べたんです）」

私がそう言うと、スマホの向こうのジョシュア先生は目を丸くした。

「Adobo!? Nonoka, do you know adobo!?（アドボ!?　ノノカ、アドボ知ってるの!?）」

「Yes! My friend's mother is Filipino. She cooked it.（はい！　友達のお母さんがフィリピン人で、作ってくれました）」

「Great! I ate adobo for lunch today.（いいね！　僕《ぼく》は今日のランチにアドボを食べたよ）」

偶然《ぐうぜん》に、わーおと飛《と》び跳《は》ねたくなる。マリアさん、ありがとう！

「えっと、I also ate taho.（タホも食べました）」

タホというのは、アドボの後に食べた豆腐《とうふ》のスイーツだ。

マリアさんが豆腐をレンジでチンして、タピオカ入りの黒蜜《くろみつ》をかけてくれた。すっきりした豆腐に黒蜜の濃《こ》い甘《あま》さがピッタリ。フィリピンでは朝に食べる人が多いんだって。

「Tofu is popular among Japanese people, isn't it?（日本人のあいだで豆腐は人気なんでしょ？）」

「Yes, I like it too.（はい、私も好きです）」

ジョシュア先生の言葉に頷《うなず》く。

マリアさんによると、フィリピンの主食はお米。同じアジアだからか、意外と日本と似てるところがあるのかも。

「あっ、Joshua!（ジョシュア先生！）」

レッスン前の雑談はそろそろ切り上げないといけないけれど、一つ知りたいことがあった。

「Where do you live in the Philippines?（先生はフィリピンのどこに住んでますか？）」

それを聞いたのは、土曜日にマリアさんからフィリピンの地理を教えてもらったからだ。

「私、この本に載《の》ってるフィリピンの昔話が好きなんです」

ランチの後、私が持参していた本を見せると、

「この昔話、パンガシナンの人は知ってるかもね」

マリアさんは「漁師の娘」のページを指さしながらそう言った。

「ここ、『パンガシナン地方にあるリンガエン湾《わん》』って書いてある。そこに住んでる人は、この昔話知ってるかも」

私は地理が苦手で方向音痴《おんち》なせいか、今までフィリピンの地形にはあまり興味を持っていなかった。

「フィリピンってこんな感じ」

風羽ちゃんがスマホでグーグルマップを開いて見せてくれた。台湾《たいわん》の南に位置するフィリピンは縦に細長く、様々な形の島が連なっている。

「フィリピン、七千以上の島があるよ〜」

「七千!?」

マリアさんが指で地図を拡大する。

「パンガシナンはここね。マニラと同じルソン島」

「あ、マニラは聞いたことあります。えーっと、確か首都?」

「イエス！　私はマニラの出身ね」

マップを見ていたら、ジョシュア先生のことが気になってきた。どこの島にいるんだろうって。

「I live in Cebu island. My house is close to this office.（僕はセブ島に住んでる。家はオフィスのすぐそばだよ）」

ジョシュア先生が答える。

えーっと、セブ島ってどの辺りだっけ。後でグーグルマップで確認《かくにん》しなきゃと思っていると、

「Nonoka, come visit the Philippines! You can learn English and scuba diving.（ノノカ、フィリピンに遊びにおいで！　英語もスキューバダイビングもできるよ）」

すぐそこにいるかのように、ジョシュア先生は「おいでおいで」と手招きをした。

ちょ、その仕草は反則！　頬《ほお》がじわっと熱くなった。

「Yes! I will go!（はい！　行きます！）」

フィリピンに行ったとしても、ジョシュア先生に会えるわけじゃない。だって、連絡先《れんらくさき》も知らないんだから。マグサリタでは、講師と生徒の連絡先の交換《こうかん》は禁止だ。

それとも、セブ島のオフィスを調べて行ってみる？　いやいや、それじゃストーカーだってば。

でも。もし、教室から飛び出してフィリピンに行けたなら。無口で孤独《こどく》なのの花を脱《ぬ》ぎ捨《す》てて、片言の英語で現地の人と笑い合えるノノカになれたなら。

キラキラした日差しを肌《はだ》に浴びて、ジョシュア先生と街なかを歩いてみたい。あ、風羽ちゃんも一緒《いっしょ》にいてくれたらいいな。

『Come visit the Philippines!』

その一言の効力は絶大で。

夜眠《ねむ》りについた私が見たのは、ツッコミどころ満載《まんさい》の荒唐無稽《こうとうむけい》な夢。

「Nonoka, come here!（ノノカ、おいで！）」

3Dみたいにスマホから伸《の》びてきたジョシュア先生の手を握《にぎ》ると、私はマグサリタのオフィスにいた。

白いパーテーションに仕切られたブースを二人でこっそり抜《ぬ》け出《だ》す。

いつのまにか風羽ちゃんも合流していて、私たちはタホを食べ歩きしながら海を目指した。

ばしゃんと紺碧《こんぺき》の海に飛《と》び込《こ》むと、原色の小さな可愛《かわい》い魚たちが歌いながら私たちを歓《かん》迎《げい》してくれた。

ディズニーの『リトル・マーメイド』の世界みたい！

気づけば、『リトル・マーメイド』の曲『アンダー・ザ・シー』を口ずさみながら、お弁当を食べていたらしい。

「ノノ、ご機嫌《きげん》だね」

駐輪場《ちゅうりんじょう》で降ってきた声にドキッとして顔を上げると、

「ごはんのときも歌うとか、マリアさんみたい」

風羽ちゃんが別の自転車のサドルにちょこっと腰《こし》かけた。

「マリアさんカラオケ大好きで、マイタンバリン持ってるんだよ」

「マイタンバリンってウケる」

家に遊びに行ってからまだ五日しか経《た》っていないのに、まるで昔のように感じるのは、私たちが教室でほとんど話さないからかもしれない。

風羽ちゃんは、笑い声が弾《はじ》けるキラキラしたグループにいるし、私は相変わらず一人で本を読んでいる。

風羽ちゃんとは仲良くなれたけれど、あのグループに入れてもらいたいとは思っていない。きっと、会話の内容やテンポが合わなくて疲《つか》れるし、風羽ちゃんに迷惑《めいわく》をかけてしまう……。そう考えると、今の関係の方が気楽。

こんな私たちがフィリピンがきっかけでつながってるなんて、何だか今でも不思議だ。

ふと、昨晩の夢を思い出す。

ジョシュア先生のこと、打ち明けようかな。

この片思いは、自分だけのヒミツにしてきた。でもそのせいかな、最近じゃ気持ちがどんどん大きくなって、自分一人で抱《かか》えきれなくなりそうで。

でも、風羽ちゃんはどんな反応をするだろう。勇気が出ないまま冷凍《れいとう》食品のカップサラダをつついていると、底に書いてある占《うらな》いのメッセージが顔を出した。

『大吉《だいきち》　自分の気持ちに素直《すなお》にね！』

わっ。まさに今の状況《じょうきょう》？

……よし！

実はね、と私は口を開いた。

「私の好きな人……フィリピンにいるんだ」

「えっ、何それ何それ⁉」

タホに入っていたつやつやのタピオカみたいに、風羽ちゃんが瞳《ひとみ》を輝《かがや》かせる。

話を聞くと、風羽ちゃんはにかっと笑った。

「驚《おどろ》いてみせたけど、実は何となく気づいてたよ」

「うっそ、いつから⁉」

「オンライン英会話がきっかけでフィリピンに興味を持ったって言ってたときから。よっぽど、その先生のことが気になってなきゃ、その国の昔話まで行きつかなくない？」

「あー……」

目をそらした私は、お弁当箱を包んでいたバンダナの端《はし》っこをいじる。ズバリ言い当てられて、恥《は》ずかしいのに何だかちょっとだけうれしかった。

「恋人《こいびと》いますかって聞いちゃえば？」

「ムリムリムリムリムリ！　即失恋《そくしつれん》するかもしれないじゃん」

私は首を左右にぶんぶん振《ふ》った。

「フィリピンに遊びにおいでって言ってくれたのも、社交辞令だって分かってるし……。ていうか、風羽ちゃんは？　好きな人とかいる？」

話題の矛先《ほこさき》を私はクイッと折り返した。

「え、私ー？　うーん……」

風羽ちゃんは笑顔《えがお》のまま空を仰《あお》ぐ。ショートヘアの毛先を風が揺《ゆ》らしている。

「大丈夫《だいじょうぶ》だよ、誰にも言わない。私、友達いないから」

それ笑えないんですけど、と風羽ちゃんはツッコむついでのように「にっしー」とつぶやいた。

「にっしーって……」

「うちのクラスの西井《にしい》。好きっていうか、まだ気になってるレベルだけど」

西井くん。目が大きくてちょっと丸顔で、よくみんなにくしゃくしゃ髪《かみ》をなでられているマスコット系の男子だ。

二人が並んでいる姿を思《おも》い浮《う》かべて、思わず頬がにやけてしまう。

「そうだっ、ここに来たのは恋バナじゃなくて、ノノを誘《さそ》いたいからだった！」

風羽ちゃんがパッとサドルから立ち上がる。

「明後日《あさって》、うちにお母さんの親戚《しんせき》が来てハロハロパーティーするんだけど、ノノにも来てもらいたいと思って」

「ハロハロパーティー？」

口にするだけで、楽しい気持ちがモクモク湧《わ》き出《だ》す響《ひび》きだ。

「ハロハロって、スイーツのあのハロハロ？」

マグサリタのハロハロコースに入会して、私はそれがフィリピンのスイーツだと初めて知った。日本でもコンビニで売ってるから名前だけは聞いたことがあったけど、まだ食べたことはない。

「私のイトコがハロハロめっちゃ好きで。イトコっていってもまだ五、六歳《さい》くらいのちっちゃい子たち。うちで集まると、よくみんなでハロハロ作って遊ぶんだ」

「ハロハロって家で作れるのっ？」

アドボやタホを思い出す。あのときは食べさせてもらうだけだったけど、今度は一緒に作れるなんて。

「ノノがいてくれたら、私も楽しいから」

また、あそこに行けるんだ……。

もう返事は決まっていた。

その晩、キッチンで食器洗いを終えた私は、

「あれ？　オンライン英会話の時間じゃないの？」

テーブルに座《すわ》ったままのお母さんを見て首を傾《かし》げた。

お母さんは毎週木曜日の夜と、土曜日の日中にレッスンを入れている。だから、木曜日は私が食器洗いをすることになっていた。

いつもだったら、夕飯を食べ終えると、いそいそと英会話の準備を始めるのに……。

「やらない。今日はそういう気分じゃないの」

テレビの方を向いたまま、お母さんが答える。お笑い芸人が何かおもしろいことを言ったのか、画面の向こうで笑いが弾けた。でも、お母さんは笑わない。

「え、どしたの。いつもあんなに楽しみにしてるのに」

お母さんはテレビをプツンと消して言った。

「オンライン英会話辞《や》めちゃおうかな」

「何で!?　ちょっと待ってよ」

困る。そんなの困る。

だって、お母さんが退会したら、ついでに私まで一緒に辞めることになっちゃうんじゃ

……？

　退会すれば、もうジョシュア先生に会えなくなってしまう。

「……お父さんのせい」

「お父さんがどうしたの？」

「子どもには関係ないの」

「えー？　その言い方やめてよ。私もう高校生だし。教えてよ、お父さんのグチなら聞いてあげるからさ」

　腕《うで》を引っ張ってしつこく粘《ねば》る。お母さんはため息を一つつくと、開き直ったように腕組みをして言った。

「お父さんのスマホに、フィリピンパブの女の人からメッセージが届いてたの」

「えっ、何それ⁉」

「ゆうべ、テーブルでお父さんのスマホの画面が光ったから、何となく目をやったら、ローマ字の日本語で『またお店に来てね』とか書いてあるわけよ。営業メールってやつ」

「………」

「で、お父さんを問いつめたら、先週金曜日に先輩《せんぱい》たちと行ったって白状したんだけど、今度は逆ギレ。『仕事の付き合いだったんだからしょうがないだろ、オレの稼《かせ》いだ金で何しても文句言うな』ですって」

「うわ……マジありえない」

お父さん、何やってんの。頭のなかを憤《いきどお》りや呆《あき》れがグルグルする。私は両手で頭を抱えた。

「私は生活費を節約してやりくりしてるのに、そんなことにお金を使って……。そう思ったら、今日の英会話も何だかやる気なくなっちゃって。クリスティーナ先生は真面目でいい先生だし、何も関係ないって頭では分かってるんだけど……。今はフィリピンの人と距《きょ》離《り》を置きたいの」

ズキッとした。お母さんが腹を立てる気持ちは分かる。

分かるけど……。

『今はフィリピンの人と距離を置きたいの』

この間風羽ちゃんの家に遊びに行ったとき、お母さんはマリアさんにお礼の電話をしていた。特訓した英語で楽しそうに。あの二人が仲良くなればいいな、とも思った。

でも、今その扉《とびら》は閉《と》ざされてしまった気がする。

ああどうしよう。なんてタイミングだ。

風羽ちゃんのおうちのハロハロパーティーに呼ばれたって、言い出せなくなっちゃった。

土曜日の午後。結局、お母さんには行き先を言わないまま、私は家を出た。ハロハロパーティーには、もっとウキウキした気持ちで出かけたかったな。

お父さんとは、あれからロクに口をきいていない。まあ、もともと仲いいわけじゃないけれど。お母さんは表面的にはいつも通り、お父さんのお弁当まで作ってあげている。

「ノノ、今日なんか元気なくない？」

駅まで迎《むか》えに来てくれた風羽ちゃんにそう聞かれたけれど、私は「そう？」ととぼけてみせた。

だって言えない。今日会うのは私以外、フィリピンに深い関係がある人たちだ。あんな話をしたら失礼だ。

風羽ちゃんが玄関《げんかん》のドアを開けると、前回とは違《ちが》って、キャラクター付きの子どもの靴《くつ》が転がっていた。

「イトコ、もう来てるんだ。狭《せま》いけど、適当に靴脱いで」

「お邪魔《じゃま》します」

海に浮かぶ島々のように転がっている靴を踏《ふ》まないように家に上がる。

「ハーイ、ノノカちゃん、いらっしゃい」

ダイニングには、マリアさんともう一人、女の人がいた。腕に赤ちゃんを抱《だ》いていて、その傍《かたわ》らに男の子と女の子が一人ずつ。

「私の妹と、その子どもたち。みんな日本に住んでる」

「はじめまして。立石ののの花です」

「はじめましてー。私はイメルダ」

異国情緒《じょうちょ》のあるイントネーションで挨拶《あいさつ》してくれたイメルダさんは、姉のマリアさんよりだいぶスリムだけれど、幅広《はばひろ》の二重の目元がよく似ていた。

「ねえ、ハロハロまだー？　お腹《なか》すいた」

イメルダさんの腰に、赤いTシャツの男の子が抱きつく。イメルダさんより発音が自然だ。

「男の子の方がケンで一年生。その一コ下の妹のエミリ」

風羽ちゃんが紹介《しょうかい》する。

「みんなそろったから始めるヨー。手を洗ってきてー」

マリアさんの言葉で、うきゃーっと二人は洗面所に駆《か》け込《こ》んでいく。

「今日は、こっちの部屋でハロハロ作るよ〜」

ダイニングの奥《おく》の洋室には、冬はこたつになりそうなローテーブルがあった。そこに並んでいる材料のボウルたちを見て、私は思わず声を上げた。

「えっ、何かめっちゃ色々あるよ⁉」

輪切りのバナナにマンゴー、パイナップル。

フルーツだけじゃない。サツマイモ煮《に》、プリン、コーンフレーク。

「もしかして、これってナタデココ？　そっちは……あんこ⁉　この材料、全部使うの？」

「うん、一つの器《うつわ》に盛るよ。かなりボリューミーになる」

驚く私に、風羽ちゃんが答える。

そんな材料たちに囲まれ、でんっと存在感を放っているのが、かき氷機だ。ハンドル付きの昔ながらのタイプ。

おまけにファミリーサイズの紫色《むらさきいろ》のアイスクリームもある！

「このアイス、何味？」

「ウベっていう芋《いも》だよ。フィリピンでハロハロによく使われるんだ」

「ハロハロって……いったい何物？」

私のつぶやきに、マリアさんが「はっはっはっ」とお腹を抱えて笑った。

「ハロハロは、ミックスミックスの意味があるね」

「ミックスミックス……。混ぜて混ぜてってことですか？」

「そう、〝ごちゃ混ぜ〟！　ノノも手ぇ洗ってハロハロ作ろっ」

風羽ちゃんがポンッと私の背中を叩《たた》く。

洗面所から戻《もど》ってきたケンくんとエミリちゃんは、テーブルにかじりついていた。

「オレがかき氷機回すー！」

「ずるい、ケン。あたしもやりたいぃ」

これに具材を入れて、と風羽ちゃんが私に深めのガラスの器を渡《わた》してくれた。

「どういう順番で盛りつければいいの？」

「ルールはないよ。だって、〝ごちゃ混ぜ〟だもん」

そう言う風羽ちゃんの見よう見真似《みまね》で、私も盛りつけてみる。

まず、器にかき氷を入れる。そこにフルーツやサツマイモ、ナタデココを載《の》せて、てっぺんに丸くすくい取ったアイスクリームとあんこ、プリン。トッピングにコーンフレークを花びらみたいにちらす。仕上げにコンデンスミルクをトロリとかけて、

「できた！」

私は風羽ちゃんとハロハロを見せ合う。

「すごいっ。風羽ちゃんのハロハロ、めっちゃ映《ば》えてる！」

黄色い具材が多いなか、紫のウベアイスがバランスよく盛ってあるし、コンデンスミルクやコーンフレークのトッピングも上手。それに比べて私のは……。同じ材料なのに、何でおしゃれ度に差がついちゃうんだろ。

「ノノだって初めてなのに上手だよ。ていうか、混ぜこぜにして食べちゃうから問題なし！」

スマホでパシャパシャ写真を撮《と》る私の横で、

「えっ、もったいない！」

せっかくきれいに盛りつけたハロハロに、風羽ちゃんは容赦《ようしゃ》なくスプーンを挿《さ》し、グニグニとかき回し始めた。

氷は溶《と》け、色んな具材の色も混ざって、薄黄色《うすきいろ》のシェイクみたいになってしまった。

「混ぜるとおいしくなるんだよ」

前歯の抜けたケンくんが、ニカッと笑って教えてくれた。

「ホントに？」

見た目的には混ぜる前がおいしそうだけれど。

半信半疑で私も真似てみると。

「え、やば、おいしい！」

混ぜれば混ぜるほど、まろやかな甘さに変身する。

食感も楽しい。ナタデココのブニブニや、コーンフレークのサクッ。プリンやフルーツのなめらかな舌ざわり。

〝ごちゃ混ぜ〟って、おもしろいかも！

「フィリピンってこんな楽しいスイーツがあっていいなあ」

「ハロハロが生まれたのって、日本のお菓子《かし》の影響《えいきょう》もあるんだって」

「え～？　日本にこんなモリモリしたお菓子あるかなあ」

風羽ちゃんの言葉にそう返してスプーンを口に運んだとき、和の風味が広がった。これは……。

「あっ。そうだ、あんこ！」

「そう！　明治《めいじ》時代にフィリピンに渡った日本人が氷あずきを紹介したって説があるらしいよ。あと、プリンはスペインだし、アイスクリームはアメリカがルーツみたいだよ」

「へーっ」

色んな国の魅力的《みりょくてき》なものを混ぜて混ぜて、とびきりおいしいフィリピンのスイーツになったんだ。

「フィリピンの文化、ハロハロね～」

隣《となり》で聞いていたマリアさんがそう笑ったとき、なぜか突然《とつぜん》お母さんの言葉を思い出した。

『今はフィリピンの人と距離を置きたいの』

もしお母さんがずっとそう思っていたら。もし同じように思う人たちが他にもいたとしたら。私たちは切《き》り離《はな》されたままだ。

混ぜれば混ぜるほどハロハロはおいしいのに、境界線を引かれた私たちは〝ごちゃ混ぜ〟になれないんだ。

「ちょ、ノノ、どうしたのっ？」

風羽ちゃんが私を見てぎょっとする。

「あ、ごめ……」

こんなことで涙《なみだ》を流すなんて、自分でも驚いてしまう。でも、もう隠《かく》せない気がした。

「どうしたの？　体調わるくなった？」

「ノノちゃん、おなかいたい？」

イメルダさんとエミリちゃんも私の顔をのぞき込む。

「ノノ、ちょっとこっちで休む？」

私はマリアさんと風羽ちゃんと隣のダイニングに移り、洋室との間の引き戸を閉めてもらった。

「イヤな気分にさせたら本当にごめんなさい。あのね、」

私は、はなをすすりながら両親の話をした。こんな話をして申し訳ないな、と思いながら。

話し終えると、マリアさんはぎゅうっと私を抱きしめた。

「ノノカちゃん。フィリピン、好きになってくれてありがとうねー」

クリップで束ねた髪の毛からは、柑橘系《かんきつけい》の香りがした。

「日本には色んなフィリピン人がいる。とくに、昔は興行ビザっていうので日本に来て、ホステスになる人多かった。夜の仕事は危険もある。だけど……そういう女の人も、お金がほしい理由は家族のため」

「家族のため……」

「そう。日本で働くフィリピン人、ほとんどみんな、フィリピンにいる家族に送金してる。フィリピンは仕事があっても、お給料安いね。日本で働いて、お金送る。そのおかげで、フィリピンの家族は生活できる。だから必死」

マリアさんは私を抱きしめたまま、いつになく落ち着いたトーンでささやいた。

私を抱く腕は、あたたかくて逞《たくま》しい。マリアさんも家族を思って海を渡って、今もこの腕でフィリピンの家族を支えているのかな。

私はふと思う。

その気持ちに、職種はきっと関係ない。

ホステスさんも、きっと大事なものを抱えてるんだ。派手なドレスを着てお酒の相手をしながら、家族を思い浮かべているのかも。

そんな風に考えたことなかった……。

ふと、心配になる。

うちのお父さんは偏見《へんけん》を持っているし、酔《よ》っぱらうと口も悪い。ホステスさんを傷つけるような発言をしてないといいな……。

「なんだー。ノノ、それで今日元気なかったんだ。もっと早く言ってくれればいいのに」

風羽ちゃんが言う。

「そういえば、小四の頃《ころ》、マリアさんが夜の仕事をしてるっていうウワサが立って、仲間外れにされたことある。あのとき私、マリアさんに八つ当たりして、一か月くらい口きかなかったよね」

「あっはっはっ。そうだっけー？　もっと痩《や》せなきゃホステス無理ねー」

マリアさんは笑い飛ばすと、イスから立ち上がった。

「さあ、ハロハロパーティーの続きするよー」

続き？　もうお腹いっぱい、と思っていると、

「昔話の時間ね！」

マリアさんはガラッと引き戸を開ける。

「みんなハロハロ食べたー？　昔話の時間、始めるよ！」

洋服ダンスの上にあったマイタンバリンを叩いた。

5 柿《かき》とバナナ

六月最初の日曜日、スマホにお手紙みたいなメッセージが届いた。

《のの花ちゃんへ
来週の日曜日は空いていますか？　おはなし会の練習に付き合ってもらえないかしら？
おばあちゃんより》

ＯＫの返信をする私は鼻歌まじりだ。だって、心配ごとはもう晴れたから。

三日前、お母さんがマグサリタに復帰した。

「じゃあ、私はレッスンだからお皿洗いよろしくね」

髪《かみ》をカットしたお母さんは、さっぱりした顔つきで言った。

「マジで⁉　ていうか、いきなりどうしたの？」

「頭を冷やしたの。今日美容室に行く途中《とちゅう》にね、駅前で外国人に電車の乗り方を聞かれたんだ。そのとき、何とか英語で答えられたのよ。これもクリスティーナ先生のおかげだなって思って、やっぱり英会話続けようって思ったの」

その単純さに、まったくもーと呆《あき》れながらも、

「おー、いいじゃん！　その調子だよ、お母さんアメリカに一人旅するって野望もあるんでしょ？」

私はお母さんのやる気の火に薪《たきぎ》を投《な》げ込《こ》んだ。

これで私も安心してマグサリタを続けられる。

ハロハロパーティーのことはお母さんに内緒《ないしょ》のままだ。もう隠《かく》す必要もないけれど、ラッピングしたプレゼントみたいに、自分の内側にくるんでおきたかった（でも、ジョシュア先生は別。レッスンのとき、友達とハロハロを作ったと報告すると、「Wow!」と驚《おどろ》いていた）。

そうだ、おばあちゃんに会ったら、借りていた昔話の本を返さなきゃ。それに、あのことも話したい。

私はマリアさんが教えてくれたフィリピンの昔話「サルとカメ」を思い出す。

た。

「昔話の時間、始めるよ！」

マリアさんはタンバリンで合図をすると、ハロハロで使った材料や道具を片付け始めた。

「昔話っ？　オレ、『桃太郎』も『浦島太郎《うらしまたろう》』も知ってるし」

ケンくんが言うと、マリアさんはニカッと笑った。

「今日は、フィリピンの有名な昔話ね」

それってもしかして……この間、フィリピンの昔話が好きっていう話をしたからかも？

食器やかき氷機をキッチンの流しに運びながら、私は風羽ちゃんに聞いてみた。

「ねえ、もしかして私のためかな？」

「それだけじゃないと思うよ？　ケンとエミリは日本育ちで、フィリピンの昔話とか知らないからさ。いいチャンスだって思ったみたいだよ。私もちょっと聞いてみたいし」

言われてみれば。フィリピンの昔話が日本のアニメや絵本で紹介《しょうかい》されることはきっとめったにないだろうな。

フィリピンの有名な昔話ってどんなだろう。ジョシュア先生も知ってるかも。期待が風船みたいに膨《ふく》らんでいく。

テーブルが片付くと、マリアさんはノートパソコンで動画サイトを開いた。

「はじまりはじまりねー。タイトルは、『サルとカメ』」

てっきり、昔話の絵本とか読むのかなと思ってた。

リズミカルで陽気な音楽とともに、アニメーションが始まる。聞こえてきたのは、耳馴《みみな》染《じ》みのない言語のナレーションだ。

「ねえ、何しゃべってるのー？」

「これタガログ語でしょ？　日本語ないの？」

エミリちゃんもケンくんも、もどかしそうに体を揺《ゆ》らす。

「日本語の動画見つからなかったよー」

マリアさんが見せてくれたのは、フィリピンのタガログ語の動画だった。

代わりに、マリアさんはところどころで動画を止めて、あらすじを日本語で説明してくれた。

それはこんなストーリーだ。

サルとカメが散歩をしていると、小さなバナナの木を見つけた。木を半分こにしたものの、上半分をもらった怠け者《なまけもの》のサルは枯《か》らしてしまう。

下半分をもらったカメは、それを大事に育て、おいしそうなバナナが実った。

その木に登ったサルはカメのバナナを独り占《ひとりじ》めして食べ、カメに「バナナがほしい」とお願いされても皮を落とすばかり。


聞いているうちに、ふと気づく。

あれ？　このストーリーって何となく……。

「これ、『サルカニ合戦《かっせん》』とおんなじじゃん！」

「エミリも知ってる！　幼稚園《ようちえん》で聞いたことあるもん」

私が思っていたことを二人が叫《さけ》んだ。

「オレ、分かった。カニじゃなくてカメだから、『サルカメ合戦』だっ」

「きゃはは、サルカメかっせーん！」

そう、不思議なことにその設定は、日本の「サルカニ合戦」にそっくりだった。

カニとカメ。柿とバナナ。登場人物やアイテムは微妙《びみょう》に違《ちが》うし、後半になると、ストーリーにも違いが目立ってくる。

頭に来たカメは、木の周りにたくさんのイバラを置く。下りてきたサルはそれを踏《ふ》んでケガをする。

仕返しされたサルは、カメを穴に埋《う》めようとするが、カメはそんなの平気だと言う。バナナの木に縛《しば》りつけようとしても、それも平気だと言う。山に置き去りにしようとしても、やっぱり平気だと言う。

しかし水に投げ込もうとすると、今度は「やめてくれ」と泣く。喜んだサルはカメを川に投げ込む。

すると、カメは笑いながら得意の泳ぎで逃《に》げていった。

「うわ。サル、だまされた！」

動画を見終わったケンくんが叫び、エミリちゃんがケンくんのＴシャツを引っ張る。

「ねえねえ、ハチさんとか出てこなかったよー？」

そう、「サルカニ合戦」は、意地悪されたカニの子ガニたちが蜂《はち》、栗《くり》、牛のふん、臼《うす》たちと協力して敵討《かたきう》ちをするけれど、「サルとカメ」はカメ自身が仕返しをする。

とはいえ、サルが痛い目にあうところもやっぱり似てる。

日本とフィリピンはかなり離《はな》れてるのに、昔話が似てるなんて何でだろ？

「日本の『サルカニ合戦』、私も介護してるお年寄りから教えてもらってビックリしたよー。何で似てる？　理由は分からないねー」

そのとき、浮《う》かんだのは、おばあちゃんの顔だった。

図書館で世界中の昔話を語ってるおばあちゃんなら、何か知ってるかもしれない。


水曜日の七時間目はロングホームルームだ。

この日、窓の外では分厚い雲が空を覆《おお》っていた。ついこの間まで青空が続いていたのに、今にも梅雨入《つゆい》りしそうだ。

黒板の前に立っているのは、文化祭実行委員の二人。

「今日は文化祭の出しものを決めまーす。やりたいものある人、ばんばん発言してください」

大嶋《おおしま》くんが両手を教卓《きょうたく》について言った。文化祭は九月最後の週末。私たち一年生にとっては初めての文化祭だ。

お化《ば》け屋敷《やしき》、縁日《えんにち》、脱出《だっしゅつ》ゲーム。クラスのあちこちからポンポンと声が上がり、もう一人の委員の桜田《さくらだ》さんが黒板に書いていく。

私はというと、蚊帳《かや》の外。教室の真ん中より少し後ろの席にひっそり座《すわ》っている。こういうときに発言するようなキャラじゃない。

ふと、廊下側《ろうかがわ》の前列に座っている風羽ちゃんに視線を向けてみる。近くの席の子たちと身を寄せ合って笑っていた。そのなかには、風羽ちゃんが気になると言っていた、西井くんもいる。

楽しそうでいいな……。

「他にも何か、ありますか？」

はーい、と窓側の席の女子が手を挙げた。

「あたしカフェやりたい」

「カフェ？　何か、他のクラスと被《かぶ》りそうじゃね？」

「えーっ。そんなこと言ったらお化け屋敷だってそうだよ」

「お化けは何人いたっていいじゃん」

教室がガヤガヤし始めると、

「確かに。何かテーマとかコンセプトのあるカフェだといいかもですね」

大嶋くんが腕《うで》を組んでアドバイスする。

「じゃあ猫《ねこ》カフェ！」

「学校に猫連れてくるとか無理だろ」

そんなやり取りを聞いたとき、あっと閃《ひらめ》いてしまった。

フィリピンカフェは⁉

タホやハロハロ。ああいうスイーツを文化祭で作って販売《はんばい》できたら……。

ユニークだし、ぜったい映《ば》える。思いついたとたん、どっどっどっと制服の内側で心臓が打つ。

これはもう提案するしかない！

ねえ風羽ちゃんっ。念を送るけれど全然気づかない。

ああ、どうしよう。私が発言するなんて大胆《だいたん》すぎる。

でも。もしかしたら、これをきっかけに、教室でもマグサリタのときみたいな私になれるかもしれない。よく笑う、Don't be shy なノノカに。

「あのっ！」

入学以来、私は初めて自分から挙手をした。

「えーっと……立石さん？」

大嶋くんの、ううん、クラス全員の視線が私に集まる。こんな景色を見るのは初めてで、ひっと息をのむ。

もう引き返さない。私は立ち上がった。

「あの……フィリピンカフェはどうでしょうか？」

「フィリピンカフェ？」

「はい。あまり日本じゃ知られてないけど、フィリピンって、見た目が可愛《かわい》くておいしいものがたくさんあるんです。〝ごちゃ混ぜ〟って意味があるハロハロとか、お豆腐《とうふ》を使ったタホとか……。そういうスイーツを販売するお店ってどうでしょうかっ？」

緊張《きんちょう》で声が上ずってしまう。

でも、みんなにもフィリピンを好きになってもらいたい。

きっと、風羽ちゃんやマリアさんも喜んでくれるはずだ。

「フィリピンカフェ、ですね」と、桜田さんが板書してくれる。同じチョークの白なのに、私にはそこだけ輝《かがや》いて見えた。

着席すると、どっと汗《あせ》をかいていた。それに気づくとともに、周囲の微妙な空気を感じた。さっきまでと違って、みんなのリアクションが薄《うす》い。

だけどきっと、興味を持ってくれた人もいるよね……？

「他にはないですか？　じゃ、投票で決めたいと思いまーす。文化祭でやりたいと思うものに挙手してください」

お化け屋敷、縁日、脱出ゲーム、猫カフェ……。次々と読み上げられ、それぞれの票数が板書されていく。

「じゃあ次、フィリピンカフェがいい人ー」

私は思いきって、天井《てんじょう》にぐっと腕を伸《の》ばした。

「一票、ですね」

かあっと頬《ほお》が熱くなる。

誰《だれ》も「いいね」と思わなかったってことだ……。

避難《ひなん》訓練のように、机の下に潜《もぐ》って姿を消してしまいたくなった。

冷静に考えてみれば、無理もない。

みんなは、タホのおもしろい食感も、ハロハロ作りの楽しさも体験してないんだから。

いきなりフィリピンと言われたって、ぽかんとしてしまうだろう。

私だって、マグサリタでジョシュア先生に出会う前は、フィリピンに何の興味も持っていなかった。

こんなことになるなら、提案なんてしなければよかった。

恥《はじ》をかいただけ。私が発言したって、みんなの気持ちを動かすことなんてできないと思い知った。

それと。もう一つの事実も私の胸をチクリと刺《さ》した。

風羽ちゃんも手を挙げなかったな……。


風羽ちゃんに嫌《きら》われた。

それを知ったのは、翌朝だった。

朝から雨が降り出したこの日、昇降口《しょうこうぐち》で傘《かさ》を畳《たた》んでいる風羽ちゃんを見つけた。私たちはクラスでは話さないけど、登下校のときに目が合えば、ふつうに挨拶《あいさつ》を交《か》わす。

「風羽ちゃん、おはよー」

手を振《ふ》る私から、風羽ちゃんは無表情で顔をそむけ下駄箱《げたばこ》へ向かう。

あれ？　気づかなかったかな。

私は諦《あきら》めず風羽ちゃんの背中を追う。この日は、風羽ちゃんに聞きたいことがあったから。

『風羽ちゃんちも、誕生日にはレチョン食べてる？』って。


「Last week we had a party for my brother's sixteenth birthday.（先週、弟の十六歳《さい》の誕生日パーティーをしたんだ）」

昨日のレッスン前の雑談で、ジョシュア先生はそう話してくれた。

「Sixteen! Me too.（十六！　私と同じだ）」

私も十月で十六歳。髪をとかしてもリップを塗《ぬ》ってみても、ジョシュア先生の目には私も妹みたいに映ってるのかな。

「Many friends, uncles, aunts, and cousins came to the party. Everyone talked, sang and danced. I sang with the guitar.（友達とか、おじさんおばさん、イトコもたくさん集まったんだ。みんなでしゃべったり、歌ったり踊《おど》ったり。僕《ぼく》はギターを弾《ひ》いて歌ったよ）」

えっ、親戚《しんせき》まで集まるの？　話を聞いていると、先生の家だけでなく、フィリピンの誕生日パーティーはかなりの一大イベントみたいだ。

ジョシュア先生のギターの弾き語りかあ。

どんな曲を弾いたんだろう。どんな歌声なんだろう。ヘッドセットをつけて英会話を教えてるときとは、きっと印象も変わるよね。

先生がギターを構える姿を妄想《もうそう》するだけで、わあっと思わず机に突《つ》っ伏《ぷ》してしまいそうになる。

そんな自分の気持ちがばれないように、何気なく尋《たず》ねた。

「Did you eat cake?（ケーキは食べましたか?）」

「Of course. We also ate lechon.（もちろん。レチョンもね）」

「レチョン?」

「Lechon is a whole roasted pig. In the Philippines, we eat it on special occasions. For example, Christmas, birthdays, weddings. The skin is crispy and delicious.（レチョンは豚《ぶた》の丸焼きのこと。フィリピンでは特別なときに食べるんだ。たとえばクリスマスとか誕生日、結婚式《けっこんしき》とかね。皮がサクサクでおいしいよ）」

豚の丸焼きなんて、迫力《はくりょく》すごそう！　フィリピンには、まだまだ私の知らない食べ物があるみたいだ。

ジョシュア先生が聞かせてくれた誕生日パーティーの話は、学校での失敗も忘れさせてくれた。

風羽ちゃんやマリアさんもレチョン好きかな。日本でも買えるのかな。そんなことを聞きたくてうずうずしていた。


「おはよ。ねえ風羽ちゃん、誕生日にレチョンって」

もう一度話しかけたとき、

「あのさあ」

私を遮《さえぎ》るその声に、ピリッとした苛立《いらだ》ちを感じた。

「いいよね、気楽で」

へ？　風羽ちゃんが何を言ってるか分からなかった。

「ノノはいいよね、いつも異文化体験みたいなノリでいられて。私みたいに、人生にがっつりフィリピンが絡《から》んでくるわけじゃないもんね。途上国の文化を広めてあげようとか思ってるなら、余計なお世話だよ。そういうのって上から目線だよね」

「風羽ちゃん、どうしたの……？」

ギュッと眉《まゆ》を寄せて、風羽ちゃんが私を睨《にら》んだ。

「フィリピンカフェなんて、みんながやりたいと思うわけないじゃん！」

風羽ちゃんは床《ゆか》にバンッと叩《たた》きつけた上履《うわば》きに足を突っ込むと、早足でその場を立ち去った。

風羽ちゃん⁉

頭からビシャッと冷水を浴びたように私は立《た》ち尽《つ》くした。

昨日の私の提案が、あんなに風羽ちゃんを怒《おこ》らせるなんて……。想像もしていなかった。むしろ、喜んでくれるかもなんて、とんだ勘違《かんちが》いをしていた。

私、何てことしちゃったんだろう。


昼休み、お弁当バッグと傘を持って駐輪場《ちゅうりんじょう》に向かった。

こんなお天気だから、駐輪場に停《と》まっている自転車はうんと少ない。

簡素な屋根を打つ雨音を聞きながら、お弁当箱を開く。お箸《はし》を口にくわえたとき、ぽろんと涙《なみだ》がこぼれた。

〝余計なお世話〟、〝上から目線〟……。今朝の風羽ちゃんの言葉が尖《とが》ったガラスの破片《はへん》みたいに突き刺さる。

そんなつもりはなかった。だけど、みんなにもフィリピンを好きになってもらえたらって思うこと自体が〝余計なお世話〟で〝上から目線〟だったのかな……。

この学校でたった一人の友達を失ってしまった。

涙の筋が両頬を伝い、私は目元をぬぐう。

こんなときジョシュア先生の笑顔《えがお》に会えたら……。レッスンの時間でもないのに、ポケットからスマホを出して電源を入れた。すると、届いたのは新着メッセージ。

《のの花ちゃんへ
日曜日のおはなしはジャマイカの昔話に決めました。お楽しみに、ね。おばあちゃんより》

そういえば約束していたんだった。でも今はそんな気分じゃない。仮病《けびょう》使っちゃおうかな、ちらりとそう思った。

おばあちゃんの笑顔を思い出すと、やっぱり断れない。

日曜日、私は傘をさして約束通りおばあちゃんの家に行った。昨日から梅雨入りしたせいか、和室の部屋の空気もしっとりしている。

「そうだ。おばあちゃん、この本返すね」

ジャマイカの昔話を聞いた後、私はおばあちゃんに『子どもに語るアジアの昔話』を渡《わた》した。

「ああ、そういえば貸してたわね。フィリピンの昔話に興味があるって言ってたけど、おもしろかった？」

「うん……」

この本がきっかけで風羽ちゃんと仲良くなれたことなんて、遥《はる》か昔に感じる。

「のの花ちゃん、どうかした？」

おばあちゃんが、熱のある子どもを心配するような眼差《まなざ》しで、私の顔をのぞき込む。

「私……フィリピンのこと好きって思ってたけど、所詮《しょせん》日本人だし、どっか上から目線だったのかもしれない」

「あら、そうかしら」

自嘲《じちょう》気味に笑う私に、おばあちゃんは歌うように答えた。

「ののの花ちゃんはいつも世界の昔話を聞くとき、これは途上国だからとか先進国だからとか、意識して聞いてる？」

「え、そんなこと考えないけど……」

「今日だって、ジャマイカは途上国だから、昔話を聞いてあげようなんて思ったわけじゃないでしょ？」

「まさか」

私は首をぶんぶん振る。今日聞いた「アナンシと五」という昔話もおもしろかった。

「昔話に先進国も途上国も関係ないもん」

「でしょ？　ほら、悩《なや》むことないわよ」

そうかなあ……。

おばあちゃんの微笑《ほほえ》みでほんの少し元気を取《と》り戻《もど》した私は、聞いてみた。

「ねえ、知ってた？　フィリピンにも『サルカニ合戦』に似てる昔話があって、『サルとカメ』っていうんだ」

「まあ、そうなの？」

「だけど、サルが独り占めする果物は、柿じゃなくてバナナで、後半のストーリーもちょっと違うんだけどね」

「バナナ！　さすが南国ねえ」

愉快《ゆかい》そうに声を弾《はず》ませるおばあちゃんは、続けて言った。

「世界にはね、似てる昔話がたくさんあるんだよ」

「えっ、そうなの？」

「たとえば、有名な『シンデレラ』に似てる昔話は、ヨーロッパだけじゃなくて他の国にもあるの。ちなみに、日本の『米福《こめふく》・粟福《あわふく》』っていう昔話も、少しシンデレラに似てるかもしれないわ」

「こめふくあわふく？」

「継母《ままはは》にいじめられてた粟福っていう女の子が、お祭りで長者に見初《みそ》められるっていうおはなしよ」

「何か、超《ちょう》和風！」

思わず笑ってしまった。

何だか不思議だ。昔話って、作者もはっきりしないのに、世界の色んな場所に似たおはなしがあるなんて。

「どうして離《はな》れた国同士で似たような昔話があるの？　元は一つの昔話が世界中に広まったってこと？」

「色んな説があるわ。私はね、ただ伝え広まっただけじゃないんじゃないかなって思ってるの。国や言語が違っても、人間が持ってる共通の感情ってあるでしょ？　そこにその民族の文化が加わって、世界各地で似てるけど少しずつ違うおはなしが誕生したんじゃないかしら」

日本の「サルカニ合戦」とフィリピンの「サルとカメ」。この二つは関係があるのか、別々に生まれたのか、私には分からない。

でもきっと、日本人もフィリピン人も、昔から共通の感情を持ってたんだ。そこに柿とかバナナとか、その土地らしさが加わって、同じような話ができたのかも……？

私はふと気づく。そこに違いはあっても、上下ってないよね。

「昔話のそういう謎《なぞ》めいたところにも、私はわくわくしちゃう。だから語るのが楽しいの」

ああ、おばあちゃんって、本当に昔話が大好きなんだな。

おばあちゃんは〝余計なお世話〟や〝上から目線〟で世界の昔話を子どもたちに語って

いるわけじゃない。

「さ、ブレイクタイムにしましょ」

おばあちゃんがいつものようにお菓子《かし》を載《の》せたトレーを持ってきてくれた。

テーブルにコーラのコップが二つ置かれる。

おばあちゃんも私も、ジョシュア先生も好きなコーラ。

そうだった。前にも悩んだことがあった。

物価も違う。環境《かんきょう》も違う。そんな日本で暮らす私と話すことで、フィリピン人のジョシュア先生を傷つけてしまうんじゃないかって。

だけど……。

分け合えたり共有できたりするおいしさや楽しさだって、確かにある。

私がフィリピンカフェを提案したことは、上から目線に思えたのかもしれないし、自己満足にすぎないのかもしれない。

でも私はフィリピンのことが好きだと迷いなく言えるし、もっと知りたいとも思う。

ねえ、風羽ちゃん。何かを好きとかおもしろいとか思うとき、上からも下からもないよ。

私はコーラをごくごく喉《のど》に流し込んだ。自由に弾《はじ》ける泡《あわ》が心地《ここち》いい。

明日《あした》、風羽ちゃんと話そう。


翌朝、起きてすぐチェックした天気予報の降水確率は五十パーセント。賭《か》けをする気持ちで、私はいつもより二本早い電車で学校の駐輪場に向かうことにした。待っていれば、自転車通学の風羽ちゃんに会えるかも。

「どうしたのよ、のの花。まだ、朝ごはんできてないわよ」

いつもより早く制服に着替《きが》えた私にお母さんは驚いたけれど、

「大丈夫《だいじょうぶ》。これがあるから」

キッチンにあったバナナをあむっと食べて家を出た。

曇《くも》り空《ぞら》から生ぬるい風が吹《ふ》く駐輪場には、部活の朝練がある人たちの自転車がちらほら停まっている。

駐輪場の端《はし》っこで突っ立っている私に、登校する人たちが時折チラチラと視線を注ぐ。

むずむず落ち着かない……。ローファーをコツコツと地面に当てながら、次々と現れる自転車に目を凝《こ》らす。

風羽ちゃんが現れてほしい一方で、怖《こわ》さも感じる。

こないだみたいに睨まれてしまったら？　無視されてしまったら？　それでもいいやとキッパリ割り切れるほど、メンタルは強くない。

だけど……このままじゃイヤだ。

駐輪場が半分くらい埋まってきた頃《ころ》。シルバーの自転車を引いたショートヘアの女の子が近づいてくるのが見えた。

来た！　私は大きく手を振る。

「ノノ……」

「おはよ。えっと、風羽ちゃんと話したくて待ってた」

昨日何度もシミュレーションしてきた言葉だ。

「先週のこと……。私の突っ走った提案でイヤな気持ちにさせてごめん。だけど、フィリピンのこと好きだって気持ちに、上からも下からもないんだ。それだけは伝えたくて」

そう言うと、風羽ちゃんは目をそらして笑った。

「先越《こ》されちゃったな」

「え？」

「私の方こそ、ノノに謝《あやま》らなきゃって。今日の昼休み、ここに来ようと思ってたんだよ」

風羽ちゃんはガチャッと自転車を停めた。

「ノノ、こないだはホントにごめん。ひどいこと言ったよね。あのとき……まだちょっと動揺《どうよう》してて」

「動揺？」

「ノノがフィリピンカフェを提案したとき、『暑いし治安悪そうだし、オレはあんまり好きな国じゃない』って言った人が近くの席にいて……」

風羽ちゃんは声を潜《ひそ》めて言葉を続けた。

「それがにっしーだった」

「えっ」

西井くんがそんなことを言うなんて意外だ。

どんなときも仲間に可愛がられてニコニコしてる、っていうイメージだった。

「にっしーは、何気なく言っただけだと思う。うちの家族のこととか、たぶん知らないからさ。でも何か、告ってもないのにフラれたような気分になっちゃって」

風羽ちゃんはシャンプーするみたいに、両手でワシワシと自分の頭を掻《か》いた。

「あー、マジごめん！　こんなことでノノに八つ当たりなんかして、サイテーだよね」

「そんなことない」

私だって、もしジョシュア先生に日本は嫌いだなんて言われたらかなりショックだ。フィリピンに深い関係のない私が、風羽ちゃんの気持ちを百パーセント分かることはできないかもしれない。

でも……。

「あのさ、今朝バナナ食べて思ったんだけど」

「うん」

「柿とバナナ、私はどっちも好き」

風羽ちゃんが「いきなり何の話？」と笑ってから言った。

「ノノ、一緒に教室行こう」

昇降口《しょうこうぐち》に続く道を風羽ちゃんと歩く。

雨が降る前のしっとりした空気まで、今は心地よく感じる。

「風羽、おはよっ」

途中《とちゅう》、何人かに挨拶され、風羽ちゃんは軽く手を上げて「おはよ」と返していた。そのなかには、私たちのクラスじゃない人もいる。

風羽ちゃんは私と違って顔が広い。

「そうだ、これもノノに言おうと思ってたんだけど」

「うん、何？」

「教室でも、もっと話そうよ。ここ数日の私が言えたことじゃないけど、なぜかノノって教室だと私に話すの遠慮《えんりょ》してない？」

「なぜかって……」

そんなの決まってる。

教室には、見えないシビアなランク付けが存在する。友達の多さだとか、運動神経だとか、ルックスの良さや制服の着こなし方だとか。そういったものが入り交じって決まるランクは、みんな暗黙《あんもく》の了解《りょうかい》だ。

風羽ちゃんは、私から見ればお城みたいに高いところの住人だ。

「私みたいな下々の者が、風羽ちゃんに話しかけるのは恐《おそ》れ多《おお》いっていうか……」

「ウケる！　下々の者って江戸《えど》時代？」

風羽ちゃんが笑い飛ばした。

「まあ、正直ノノがそんな風に考えてるのかなとは思ってたけど」

でもさ、と風羽ちゃんは言葉を続けた。

「うちらに上も下も関係なくない？」

今度は風羽ちゃんにそう言われて、あっ、と気づく。

フィリピンが好きな気持ちに上も下もないのに、教室の自分については、がっちり上下で考えていた。

でも……私は風羽ちゃんが自分より上だから仲良くなりたいわけじゃない。

そんなこと抜《ぬ》きで風羽ちゃんが好きだから。

風羽ちゃんだって、きっと。

これからは教室でも話しかけてみる。心のなかでそう唱え、下駄箱に靴《くつ》をしまった。

今日から、上履きに履き替える瞬間《しゅんかん》が、少しだけ好きになれそうだ。

6 W《ダブル》スカウト

そのまま二人して教室に続く廊下《ろうか》を歩いていると、私たちに気づいたクラスの女子が近づいてきた。

てっきり風羽ちゃんに用があるんだろうと思っていたら。

「ドアのとこ、立石さんを待ってる人がいるよ」

予想外の言葉に首を傾《かし》げると、その子の肩越《かたご》しに、知らない男子が見えた。

私を待ってる人……？

「知り合い？」

風羽ちゃんに聞かれても首を傾げるしかなかった。

クラスはもちろん、学校に男友達なんて一人もいない。

「君が立石ののの花さん⁉」

「あ、はいっ」

いきなり大きな声で呼ばれたから、出席の点呼みたいな返事になってしまった。

背が高くてがっしりした体格。やっぱりこの人、見覚えはない。

「俺《おれ》は二年A組の福島想太《ふくしまそうた》。クッキング部の部長やってます」

クッキング？　見た目とかなりギャップがある。卵よりラグビーボールとかの方が似合いそう。

ていうか、クッキング部の部長が何で私のところに？

尋《たず》ねるより早く、部長はずいっと顔を近づけた。

「頼《たの》む、フィリピンのスイーツのこと教えてくれない？」

思わず、風羽ちゃんと私は顔を見合わせた。

「うちのクッキング部、毎年十月の第四土曜日に地域の市民《しみん》プレイスってとこの縁日《えんにち》で、一日カフェを出店してるんだ。今まではいつもパウンドケーキだったんだけど、今年は何かユニークなことしたいって思ってた。でもなかなかアイディアが出なくてさ」

部長は「そしたらちょうど！」と語気を強めた。

「このクラスの部員から、立石さんが文化祭でフィリピンカフェを提案したっていうのを聞いたんだ。何かすげーおもしろそうって思った」

「このクラスの部員っ？」

Unbelievable!（信じられないんだけど！）

あのときは誰《だれ》も投票しなかったフィリピンカフェだけど、おもしろそうって思ってくれた人もいたんだ……？

うちのクラスのクッキング部員って誰だろう。

予鈴《よれい》が鳴る。待って、もう少し話を聞きたい。

「やべ、教室戻《もど》んなきゃ。あ、うちの部活、今日活動日だから、気が向いたら放課後調理室に来て。クッキー焼いて待ってるから！」

最後に太い声で可愛《かわい》らしい一言を残し、部長は廊下を駆《か》けていく。その背をぽかんと見送る私に、

「へー、うちのクッキング部そんなことやってたんだ。ノノ、放課後行くの？」

風羽ちゃんが聞いた。

今日は月曜日だからジョシュア先生のレッスンはない。部活にも入っていない私はヒマ人だ。

行ってみたい。フィリピンのスイーツに興味を持ってくれた人たちと話をしてみたい。

その気持ちがぷつぷつと湧《わ》き上《あ》がるのを感じながら、私は口を開いた。

「ねえ風羽ちゃん、放課後空いてる？　よかったら一緒《いっしょ》に行ってみない？」

もう今なら、素直《すなお》に臆《おく》せず誘《さそ》える。

「いいよ。クッキー食べたいし」

風羽ちゃんがからっと笑った。


調理室は、東校舎の三階にある。私たち高一の教室は西校舎。

入学以来まだ調理実習の授業もないから、調理室に行くのは初めてだ。

すらっと伸《の》びた足で軽《かろ》やかに階段を上る風羽ちゃんに、私はふと聞いてみた。

「そういえば風羽ちゃんってさ、何で部活入ってないの？　運動部とか似合うのに」

「うーん……中学ではバレー部だったんだけど、人間関係とか結構複雑で疲《つか》れちゃって。だから高校生になったら部活じゃなくてバイトしよって思ってた。まあ、まだ探し中なんだけど」

「そうなんだ」

意外だった。教室でコミュ力の高さを発揮している風羽ちゃんでも、人間関係に疲れることってあるんだな。

「ノノは？」

「私は……何となく、日和《ひよ》ってるうちにタイミング逃《のが》しちゃって」

友達がいないなか、一人で見学や仮入部をする勇気がなかったんだ。

緊張《きんちょう》しつつ、調理室の重い扉《とびら》をぐっと開ける。

目に飛《と》び込《こ》んできたのは、調理室の両側にずらっと並ぶ調理台。その中央には、一クラスが座《すわ》って食事できるような長机が設置されている。

それぞれの調理台では、エプロン姿の四、五人のグループが作業をしていた。

「あっ、来てくれたんだ！」

手前の調理台にいた部長が私たちに気づいた。

緑の葉《は》っぱ柄《がら》のエプロンをした部長は、何だか森のクマさんみたい。

「あ、はい。友達も一緒にいいですか？　フィリピンのこと、私よりもっと詳《くわ》しいんです」

「木原風羽です。まあ一応、母親がフィリピン人なんで」

「マジで⁉　それはめっちゃ心強いな」

部長はハンバーガーが丸ごと入りそうなくらい口の幅《はば》を広げてニカッと笑い、長机の丸イスに私たちを案内した。

「どーぞ！　座ってクッキー焼けるまで待っててくれる？」

私たちは甘《あま》い匂《にお》いが漂《ただよ》う調理室を見回す。

ざっと数えると部員は二十人ほど。男子は部長ともう一人。あとは全員女子だ。

上履きの学年カラーを見ると、どうやらそれぞれのグループは一、二年生が混合で調理してるみたい。

調理台からは、器具のカチャカチャ鳴る音や部員の笑い声が聞こえてくる。

楽しそうだな。こんな穏《おだ》やかな時間の流れる場所が校内にあるなんて知らなかった。

部活の数だけそれぞれの放課後がある。まっすぐ帰る私は、そんな当たり前のことを初めて実感した。

クッキーが焼き上がったグループから、長机でお茶の準備が始まった。

「うちの部は一年生が十三人、二年生が六人で活動してる。で、こないだ一年F組の斉藤《さいとう》さんが、立石さんのアイディアの話をしてくれてさ」

部長が私たちにも紅茶の入ったカップを差し出した。

「斉藤さんってクッキング部だったんだ……」

うちのクラスの斉藤さんは、ほんわか女子グループの一人だ。スカート丈《たけ》が長めで控《ひか》えめで、でも仲が良さそうな三人グループで、一人ぼっちだった私でも比較的《ひかくてき》話しかけやすい人たち。

フルネームは確か、斉藤佳純《かすみ》さん。

「斉藤さん、こっちこっち」と部長は彼女《かのじょ》を手招いた。

「あのときクラスで手は挙げられなかったんだけど……。でも、ちょっと楽しそうだなって思ってた」

斉藤さんは、眼鏡の奥《おく》の目をパチパチしながら話した。

「それで一年生の子たちに相談したら、とりあえず想太部長に話してみようってことになって、」

「速攻《そっこう》スカウトしなきゃと思ったわけです」

「スカウト？」

部長は机に両手のひらをついて、頭を下げた。

「改めて、お願いします！　二人ともうちの部員になって、縁日で一緒にフィリピンのスイーツ作ってください」

「部員、ですか」

そっか、考えてみれば当然だけど、縁日に協力するってことは部員になるってことだよね。

「活動は週一で、他の部活やバイトとの掛《か》け持《も》ちもＯＫ！　放課後に買い食いしなくても小腹も満たせる！」

「想太は部活の後も買い食いしてるよねー」

まくし立てる部長に二年生の先輩《せんぱい》たちがツッコんだ。

「今日いきなり決めろって言われても、困るでしょ。来週からは中間テストだし」

そう冷静に発言したのは、二年生のもう一人の男子。

「僕《ぼく》は会計担当の矢崎《やざき》。ごめんね、いきなりガンガン勧誘《かんゆう》して」

矢崎先輩は、がっしりした部長とは対照的だ。白い肌《はだ》といいスマートすぎる体といい、何だか食が細そう。

矢崎先輩の言うとおり、二学期制のうちの高校は来週火曜日から中間テストが始まる。

一週間前となる明日《あした》からは、どの部活も活動休止になるらしい。

私たちも初めての中間テストに向けて勉強しなくては。

「それもそうだな。急がないから、入部する気になったらここに連絡《れんらく》くれる？」

部長がスマホを取り出して操作している間、

「佳純のクラスの人ですか？　私たちも一年生なんだ」

部長の背後を通りかかった女子たちに話しかけられた。

「よかったら入部してください。楽しいよね？　アットホームであったかいっていうか」

「うん。想太部長は、あったかい通り越してるけど」

「ちょっと待って、それって暑苦しいってこと？」

部長が心外そうにスマホから顔を上げる。

風羽ちゃんと目が合い、思わず笑ってしまった。

学校でこんな風に他愛もない会話で笑えることが、何だかとてもうれしかった。


風羽ちゃんとの帰り道、私は今日のクッキング部の雰囲気《ふんいき》を思い返していた。和気藹々《あいあい》っていうのかな、肩の力の抜《ぬ》けたゆるさがあった。みんなからいじられてる部長もいい人そう。

ああいう場所なら、高校デビューのつまずきを取り戻せるかも。学校のなかにも居場所ができるかも。

私はすっと息を吸い込んだ。

「私、クッキング部入ろうかな」

「確かに先輩うるさくなさそうだし、週一だし。バイトと両立できそうだよね。……私も入ってもいいかも」

風羽ちゃんがちょっとはにかんで言った。

「え、マジで⁉」

そのときの気持ちを例えるなら、目の前の窓が開くような、そこから風が流れ込んでくるような。

「じゃあ想太部長に二人で入部するって連絡するね！」

ジョシュア先生にもクッキング部に入ったって報告しよ、なんて思っていたら、鞄《かばん》のなかでスマホが小さく震《ふる》えた。

何気なく通知を確認《かくにん》すると、新着メールが一件。

【新サービスのお知らせ／オンライン英会話マグサリタ】

新サービス？　メールを開いてみると、

【かねてからのお客様方のご要望を受け、この度《たび》、レッスンの録画サービスを開始いたしました。ぜひレッスンの復習にお役立てください。録画方法はログイン画面から……】

「マジか」

思わず、どきっと心臓が跳《は》ねてしまった。

理由は単純。

ジョシュア先生の表情を録画で繰《く》り返《かえ》し見られる。声を聞ける。そうすれば、学校でしんどいことがあった日でも、すり減った心がチャージされる気がした。

いやいや、録画は英会話の上達のためだってば！　本来の目的にぐいっと軌道《きどう》修正をしようとするけど……。

「マジかって、何が？　何かにやけてるけど」

「ううん、オンライン英会話の事務連絡っぽいやつ」

スマホを鞄に突《つ》っ込《こ》み、緩《ゆる》んでしまう頬《ほお》の内側を嚙《か》んだ。

中間テストが始まった。

試験は午前で終わり、期間中は昼には家に帰ることができる。

あー、オンライン英会話やってるわりに英語の出来は微妙《びみょう》だったなあ。なんて思いながら帰宅すると、リビングではお母さんとおばあちゃんが昼ご飯を食べていた。

「あ、おばあちゃん来てたんだ？」

「のの花ちゃんおかえりなさい。里美《さとみ》とちょっと話したいことがあってね」

「十月におじいちゃん、頸椎《けいつい》の手術をすることになったんですって」

「えっ、大丈夫《だいじょうぶ》!? 頸椎って首でしょっ？」

「そんなに心配ないわ。おじいちゃんも歳《とし》だから、色々と不具合が出てくるのよ」

「ならいいけど……」

お茶のおかわり淹《い》れてくるね、とお母さんが席を外すと、おばあちゃんが「そうだ」と私に向き直った。

「実はね、のの花ちゃんにお願いがあるのよ」

「お願い？」

「私の代わりに、図書館祭りで昔話を語ってくれないかしら」

「えっ⁉　何それっ」

「毎年十月にいつもの図書館でお祭りがあるの。本のリサイクルや映画の上映をするイベントで、私もそこでボランティアの仲間たちとおはなし会をしてたんだけど……。今年は、おじいちゃんの手術の時期と重なっちゃったの。さすがに参加できないから……、代わりにのの花ちゃんを語り手にスカウトしちゃおうと思ったのよ」

「無理だよ、無理！」

百パーセント拒絶《きょぜつ》しながら、スカウトって最近もどこかで聞いたような言葉だなと頭の片隅《かたすみ》で思っていた。

「私、いつも聞いてるだけで語ったことなんてないもん」

あがり性《しょう》の私がお祭りで語りを披露《ひろう》するなんて、人魚が徒競走に出るくらい不可能だ。

「大丈夫よ。十月四週目の土曜日だから、今から練習すれば、十分間に合うわ」

あれ、その日って……。

「ごめん、その日はクッキング部で、一日カフェをやる日なんだ」

断る正当な理由がある。私はほっと胸をなで下ろした。

「まあ、クッキング部に入ったの？　カフェなんてすごいじゃない。昔話のことは残念だその笑顔《えがお》を見て、ちょっと胸が痛んでしまった。おばあちゃんの昔話への思いが強いことを知ってるからかな……。

私は罪悪感を覆《おお》い隠《かく》すかのように質問をかぶせた。

「その図書館祭りのおはなし会って、ふだんとどう違《ちが》うの？」

「ふだんのおはなし会の対象は子どもだけ。でも、年に一度の図書館祭りでは、大人の聞き手も大歓迎《だいかんげい》なのよ」

「え？　大人？」

「昔話は子どもだけのものじゃないわ。五歳《さい》でも十五歳でも八十五歳でも、人はそのときどきの自分にあったものを昔話から摑《つか》み取《と》ることができるの。たとえば……昔話は主人公が一度はどん底になっても、自分なりのハッピーエンドに辿《たど》り着《つ》けるものが多いでしょ？大人になったって、人生は悩《なや》むことばっかりよ。そういうとき、昔話が力をくれるの。長い間、たくさんの人の耳と心を通ってきた物語には、そういう力があると思うわ」

そう話すおばあちゃんの声はまっすぐで迷いがない。

「そんな大事な機会なら、ますます私なんかじゃ無理だよ」

「無理じゃないわ。小さい頃《ころ》から昔話に親しんでるし、それに声がとてもきれいだもの」

「え、別にきれいな声なんかじゃないって」

「あら、ほんとよ。のの花ちゃんの声は聞いてて心地《ここち》いいわ」

「ないない、そんなの言われたことない」

なーんて否定したものの。

褒《ほ》められたせいかな、夕食のときもお風呂《ふろ》のときも、おばあちゃんの誘いが心にひっかかっていた。

気にしたってしょうがない。縁日のある日に、おばあちゃんの代わりになってあげることはできないから。

だけど……。

『五歳でも十五歳でも八十五歳でも、人はそのときどきの自分にあったものを昔話から摑み取ることができるの』

あの言葉、正直ちょっと大げさって思った。

でもまあ確かに、私は高校生の今だって、おばあちゃんの家の和室で昔話を聞く時間が好き。

おばあちゃんの声のトーンや言葉のリズムに安心したり、ワクワクしたりする気持ちもウソじゃない。

もし、語り手が私でも、誰かにそんな気持ちになってもらうことができるのかな……。

「ずっとむかし、フィリピンの島々が、まだスペイン人の手に落ちていなかったころ、」

気づけばベッドに寝《ね》そべりながら、「漁師の娘」の一節をそらんじていた。

学校で一人ぼっちだった私が繰り返し読んだ、あの昔話。おばあちゃんのマネゴトで音読していたから、何となく覚えている。

沈《しず》み込《こ》むように、私はそのまま眠《ねむ》りについていた。

中間テストは先週末で無事終了《しゅうりょう》。

成績はパッとしないし梅雨明《つゆあ》けもまだだけど、雨音さえリズミカルに聞こえる。

なぜって今日は初めての部活。オムライスを作った後、一日カフェについてみんなでミーティングをする予定だ。六時間目までは、部活への助走だと思って乗り切れそう。

ただ、部活用に新しいエプロンがほしいとリビングで言ったときだけは、家族のリアクションにちょっとテンションが下がったけれど。

「ののの花がクッキングなんてどうしたの？　そうだ、タッパー持ってかない？　余ったら持って帰ってきてよ」

「ねーちゃんドジだから、初日からフライパン焦《こ》がして弁償《べんしょう》じゃね？」

「おお、いいじゃん。女子は勉強より料理得意な方が得だぞ。花嫁修業《はなよめしゅぎょう》だと思って頑張《がんば》れよ」

「もー、みんなほっといて！　ていうかお父さん、今の時代その発言はマジでアウトだから」

まあ、こんなことはスルーするとして。

「お！　今日からだな。改めてよろしく！」

想太部長の指示で、風羽ちゃんと私は、別々の調理台のグループに交ぜてもらうことになった。

「じゃあ、立石さん。玉ねぎのみじん切り、お願いしていい？」

「はいっ」

二年生の先輩に頼まれて、包丁を握《にぎ》る。

えーっと、みじん切りってどこから切ればいいんだっけ。

手元はおぼつかないし、目は玉ねぎが染《し》みて泣けてくる。

チラッと隣《となり》のグループを見やると、風羽ちゃんがトントントンとリズミカルに玉ねぎを切っていた。見事な包丁さばき。

それに比べて私は……。家で料理なんてロクに手伝ってこなかったことがバレバレだ。

縁日までにはもうちょっと調理に慣れなくちゃ。

出来上がったオムライスを長机で食べながら、ミーティングが始まった。(私は早々にぺろっと食べ終わり、お母さんに持たされたタッパーの出番はなかった)

「フィリピンスイーツは、バナナキューとかフルーツサラダとかも人気ありますよ」

風羽ちゃんが紹介《しょうかい》するスイーツをみんなはそれぞれのタブレットで検索《けんさく》し始《はじ》めた。

「へー、フルーツサラダって野菜じゃないんだ」

「これがバナナキュー？　串《くし》に刺《さ》さってるから、フランクフルトかと思った！」

「おいしそー。でも全部食べたらカロリーやばそー」

同級生も先輩たちも盛り上がっていて、そんな反応の一つ一つが何だかうれしい。

そんななか一番人気を集めたスイーツは……。

「やっぱりハロハロじゃない!?」

「カラフルで映《ば》えるし可愛いし」

「フィリピン発だって知らない人多いよね」

「〝ごちゃ混ぜ〟って名前の由来もよくない？」

うわあ……Amazing!（すっごい！）

みんなでフィリピンスイーツの魅力《みりょく》を話し合えるなんて。マグサリタでのノノカのテンションなら、部員たちに抱《だ》きつきたいくらいだ。

みんなの意見がまとまってきたところで、想太部長がドンッと拳《こぶし》で机を叩《たた》いた。

「よっしゃ、今年はハロハロ作りに決まりだな！」

「ちょっと待って」

矢崎先輩が渋《しぶ》い顔で口を開いた。

「懸念事項《けねんじこう》が二つある。一つは、これを縁日で作ってOKかってこと。地域の縁日で取《と》り扱《あつか》える食材や調理方法は、衛生面の理由から色んなルールがあるんだ。まあ、それは顧問《こもん》の坂口《さかぐち》先生に確認するとして……」

「もう一つのケネンは何だ？」

「材料費が足りるかってこと。縁日では毎年予算五万円で二百食作らなきゃいけない。こんなに色んな具材を買ったら予算オーバーだよ。それに本場のハロハロって、紫色《むらさきいろ》のウべのアイスを使うみたいだけど、入手が難しそうだし」

「それはたぶん大丈夫です」

そう言ったのは風羽ちゃんだった。

「ハロハロは、予算に応じてアレンジできますよ。確かにウベっていう紫芋《むらさきいも》のアイスが代表的ですけど、バニラとかもありだし。フルーツも予算内で選べばＯＫです」

「あのっ、できればあんこも入れたいです！」

私は小さく挙手してつけ加えた。

「ハロハロは日本の氷あずきの影響《えいきょう》もあるかもって教えてもらったんで……」

風羽ちゃんが「だね」と頷《うなず》く。

「おお！　それならいけるんじゃね、矢崎？」

「分かった、計算してみるよ」

「さすが。ここは頼んだぞ」

想太部長と矢崎先輩。この二人、見た目も性格も対照的だけど息が合うみたいだ。

「あとは、市民プレイスの会場をどうディスプレイするかだな」

「すみません、あの、前から思ってたんですけど、市民プレイスって……？」

「ああ、公民館って言えば分かりやすいかな。数年前に建て直して、今の名称《めいしょう》になったらしいよ」

今さらながら聞いた私に、矢崎先輩が答える。

話によると、一日カフェの会場は、市民プレイスの調理室とその隣の多目的室。そこで調理と接客を行うことになっているらしい。

「南国っぽいカフェにしたくないですか？　ヤシの木の写真とか飾《かざ》って、アロハな感じ」

一年生の女子が言い、「アロハはハワイだし！」と矢崎先輩がツッコんだ。

「何かフィリピンっぽい雰囲気出せるものないかなー。縁日はちっちゃい子からお年寄りまでたくさん来る。みんなに楽しんでもらえる空間にしたいよな」

想太部長が腕組《うでぐ》みして考え込む。

そっか、縁日って色んな世代の人が来るのか……。

そのとき、記憶《きおく》の何かがリンクした。

『五歳でも十五歳でも八十五歳でも、人はそのときどきの自分にあったものを昔話から摑み取ることができるの』

おばあちゃんの代わりに図書館祭りで語ることはできない。でも、もしかしたら私は私のいる場所で、昔話はおもしろいって誰かに伝えることができるかもしれない。

気づけば私は口を開いていた。

「たとえば……フィリピンの昔話とかどうでしょう」

「昔話？」

「昔話って、その土地らしさが表れるんです。私のおばあちゃん、図書館で昔話を語るボランティアしてるんですけど、昔話って何歳の人が聞いても元気をもらえるって言ってて……。あの私、もしよかったら会場の片隅で、フィリピンの昔話を語ってもいいですか？ほんの五分とか十分くらい、ハロハロ食べながら気楽に聞いてもらえたらな、なんて」

あーもう、何言ってるの私！

教室での二《に》の舞《まい》になるかもしれない。新入部員のくせに変な提案してんじゃねーよって思われたかな……。

「てか、いきなりすみません、スイーツと昔話なんて変な組み合わせですよね」

へらへらと笑って提案を引っ込めようとしたとき、

「いいじゃん」

ぐっと手首を摑むようにつなぎとめたのは、風羽ちゃんだった。

「たとえば、一日に何回かノノのショータイムみたいな感じで入れるとかどうですか？」

しょ、ショータイム⁉　いや、そんな目立つつもりはないんだけど……。ちょっと待って、と止めるより先に、

「斬新《ざんしん》！　昔話って何だか逆に新鮮《しんせん》だな。みんなどう？」

想太部長が部員たちに投げかけた。私も恐《おそ》る恐《おそ》るみんなを見回すと……。

「色んな具をごちゃ混ぜしてハロハロなんだし、昔話もトッピングの一つだってことにしちゃえばいいんじゃない？」

まだ名前も覚えていないポニーテールの先輩が、何てことない調子で言った。

「ほんとですか……」

調理室を見渡《みわた》してみると……。

目が合ってグッと親指を立てる人、頬杖《ほおづえ》をついたまま頷いている人、オムライスをまだもぐもぐしている人。

クラスメイトの斉藤さんは、胸の前で小さく拍手《はくしゅ》をしてくれていた。

ケチャップの香りの残る調理室にはのほほんとした空気が流れている。

そんな光景が、玉ねぎを切ってるわけでもないのに目に染みた。

7 Recording《レコーディング》

七月になった。

そのとたん、梅雨《つゆ》の雲はどこかに飛んでいってしまったみたい。毎日強い日差しが降り注いでいる。

『It's sunny and very hot in Tokyo today.（今日の東京は晴れてて、めちゃくちゃ暑いです）』

『It's the same here!（こっちもだよ）』

画面の向こう、青いTシャツ姿のジョシュア先生がちらっとオフィス後方の窓に目をやった。

季節が距離《きょり》まで縮めてくれた気がして、それが錯覚《さっかく》でも私にはうれしい。

『We decided to cook and sell halo-halo at a festival in October.（十月のお祭りでハロ

ハロを作って売ることになったんです）』

『Really!? I'd like to try it.（ホントに!?　僕《ぼく》も食べてみたいな）』

わ、この笑顔《えがお》。

何度見ても、レモン果汁《かじゅう》を飲《の》み込《こ》んだみたいに胸がキュッとして、画面から目をそらしてしまう。リアルタイムじゃないっていうのに。

そう。もう三回も再生してる。

私が見ているのは、先週のフリートークのレッスン動画。

事務局からの連絡通《れんらくどお》り、Recordingというアイコンが表示されるようになり、そこをタップすれば簡単に録画できるようになった。

『May I record this lesson?（このレッスン、録画してもいいですか？）』

ジョシュア先生にそう聞いてから、試《ため》しに録画してみたけれど、やっぱり本末転倒《ほんまつてんとう》だな。先生の笑顔や何気ない仕草ばかりカウントしてしまって、英語よりそっちの記憶《きおく》ばかりが定着していく。

あー、ジョシュア先生が一日カフェに来てくれたらな、なんて妄想《もうそう》してしまう。

ハロハロは無事に顧問《こもん》の先生の許可も下りた。衛生面でいくつか制約はあるものの、工《く》夫次第《ふうしだい》でどうにかなりそうだ。

ただ、私が一日カフェで昔話を披露《ひろう》することは、ジョシュア先生に話していない。本番の発表がうまくいく自信はないから。

『See you next time, Nonoka!』

録画と分かっていても、私は先生に手を振《ふ》った。


夏休みに入ってすぐの平日。

想太部長、矢崎先輩《せんぱい》、風羽ちゃんと私の四人は、学校の最寄《もよ》りのファミレスにいた。

「二人とも、暑いなか付き合ってくれてサンキュ」

想太部長が額の汗《あせ》をぬぐいながら言う。

今日の私たちのミッションは、学校近くの業務スーパーの価格調査。予算五万円でハロハロ二百食を作るには、どんな具材が使えるのか、業スーで下見してきたところだ。

「いえ、全然。ヒマだし、こういうの楽しいし」

風羽ちゃんが言い、私も頷《うなず》く。

想太部長から、「二人にも一緒《いっしょ》に来てほしい」と頼《たの》まれたとき、私たち二人とも即決《そっけつ》だった。

「で、ここからは僕《ぼく》の出番だね」

矢崎先輩が涼《すず》しい顔でタブレットを取り出し、業スーでメモした金額をもとにシミュレーションを始めた。

「仮に一人当たりの分量が氷百グラムとして、フルーツミックス缶《かん》三十グラム、つぶあん大さじ1、バニラアイス大さじ1、コーンフレーク……」

矢崎先輩は眼鏡の奥《おく》の瞳《ひとみ》と長い指をせわしなく動かす。「おお、矢崎がゾーン入ったぞ」と想太部長がつぶやいた。

「出た！　ハロハロ二百食分で三九七八〇円で作れる」

「マジで!?」

私たち三人は興奮気味に声を上げた。

「ちゃんとカップとスプーンも入れて計算してるから安心してよ」

「矢崎先輩、すごい！」

「これで、ハロハロを二百五十円で販売《はんばい》できるよ」

「よっしゃ！　うちの会計担当は超優秀《ちょうゆうしゅう》だな」

矢崎先輩は、ちょっと得意げに唇《くちびる》の端《はし》で笑みを浮《う》かべた。

一個二百五十円で二百食分を販売すると、売り上げは予算と同じちょうど五万円。一日カフェは利益を上げることが目的じゃないけれど、これで赤字にならずにすむ。

「さすが、矢崎はお金とカロリー計算のプロだな」

想太部長の言葉に、まだプロじゃないし、と矢崎先輩がツッコんだ。

「カロリー計算？」

私が尋《たず》ねると、

「そっ。矢崎は将来、栄養士になるんだよな」

「まあ、そのつもり」

「そうなんですかっ？」

風羽ちゃんと私の声が重なる。

思わず驚《おどろ》いた声が出たのは、栄養士は女性が多いってイメージを持っていたからかもしれない。

「じゃあ、受験とかは……」

「大学は栄養学科を受験しようと思う。僕がなりたいのは管理栄養士っていって、健康な人だけじゃなくて、高齢で食事をとりづらい人や病気の人にも、栄養指導ができる資格なんだ。ちなみに、こういう人には食べ過ぎですよって注意したりね」

「俺はデブじゃないし！　食べた分、筋トレもしてるわっ」

ニヤリと笑って指さされた想太部長がムキになる。

やっぱりこの二人、いいコンビだ。

「へー。じゃあ、想太部長はもう決まってるんですか？　進路とか」

風羽ちゃんの言葉に、

「俺は大学受験しないよ」

想太部長はさっぱりとした表情で言った。

「俺は調理師学校に行く。で、どこかの店で修業《しゅぎょう》したら、出張料理人になる」

「出張料理人？」

あんまり聞いたことのない職業だ。

「うん。お客さんの家に材料や道具を持っていって、そこの台所でうまいものを作るんだ」

「それ、めっちゃいい！」

風羽ちゃんが目を輝《かがや》かせる。

「うち、お母さんが体がわるくて、ちっちゃい頃《ころ》に家族で外食した思い出ってないんです。でも、料理人の人が家に来てくれたら、家でリラックスして外食気分が味わえますね」

風羽ちゃんの〝お母さん〟という言葉にはっとした。マリアさんのことじゃなくて、きっと小学生のときに亡《な》くなってしまったと言ってたお母さんのこと。

風羽ちゃんからお母さんの話を聞くのは初めてだ。

私と目が合った矢崎先輩も神妙《しんみょう》な顔をしている。

でも、

「そうそう、そーゆー人にうまいもの作って元気になってもらいたいんだよなあ」

想太部長はにぱっと屈託《くったく》のない笑顔を向けた。

「二人は？　まだ高一だけど、もうやりたいこととかあるの？」

矢崎先輩に聞かれ、風羽ちゃんが首を横に振る。

「全っ然です。ま、これからってことで」

からっと笑う風羽ちゃんを見てほっとした。私一人だけが何も決まってないんじゃないかなって、内心焦《あせ》っていたから。

「ノノは？」

風羽ちゃんに話を振られ、

「私も進路はまだ全然」

そう答えたとき、あっ、と思い出した。

「あの、これは妄想レベルの話なんですけど、大学生になったらフィリピンに留学してみたいなあって……」

ネットでちょっと調べてみたところによると、フィリピンは欧米《おうべい》に比べて費用が抑《おさ》えられたり、休日はビーチで遊べたりするから、大学生の語学留学先としても人気みたいだ。

「へー！　立石さんって大好きなんだな、フィリピンのこと」

想太部長の言う〝フィリピン〟が、なぜか〝ジョシュア先生〟に頭のなかで勝手に置《お》き換《か》えられて、私はぼっと頰《ほお》が熱くなった。

「ハロハロもいい感じでいけそうだし、次は十月の試作だな」

先輩たちの話によると、本番の一週間前には部員みんなで一日カフェのメニューを試作するそうだ。

「安心したら腹減った。よっし、食うぞ」

想太部長が細長いメニューをテーブルに広げる。

ファミレスのメニューが、何だか普段《ふだん》よりずっとおいしそうに見える。

「想太、書いてあるカロリーも見て選べよ」

そんな二人を見て、私たちはけらけら笑った。

出遅《でおく》れた高校生活、もう終わったと思ってたのに。

部活に入ったり、部員仲間とファミレスで過ごしたり、縁日でカフェをすることになったり。

ジョシュア先生と出会えて、フィリピンのことを知ったおかげで、こんなに世界が広がっていく。

こんな他愛《たわい》なくて楽しい時間を録画しておきたいな。ちらっとそんなことを思った。

ファミレスの帰り道。先輩二人は、縁日の会場となる市民プレイスに私たちを連れていってくれた。

「わー、こんな新しいところなんですか？」

「吹《ふ》き抜《ぬ》けの天井《てんじょう》とかおしゃれなんですけど！」

五階の調理室と接客をする多目的室も、もちろんピカピカだ。

ここで私も一日カフェをするなんて……。

It's like a dream!（何だか、夢みたい！）

天井のガラス越《ご》しに青空を見上げ、心のなかでつぶやいた。

そういえば、と矢崎先輩が聞いた。

「フィリピンの昔話の準備は順調？」

思わず、ぎくっとしてしまう。自分からやると言ったものの、日が経《た》つにつれ、正直腰《こし》が引けてきてしまっていた。

本当に私が人前で話せるの？

それに、カフェで昔話だなんて、楽しんでもらえるかな。ダサいって思われないかな。

「準備は……これからです」

まだ、どの昔話を語るかも決まっていない。

「考えたんだけどさ、同じ階のフリースペースも借りられないかな。立石さんが昔話を語ってる間に新しいお客が入ってくると、気が散るだろ？　その時間帯に来たお客は、フリースペースに誘導《ゆうどう》すればジャマが入らない」

「矢崎、それいいな。今度、市民プレイスの人に交渉《こうしょう》してみようぜ」

先輩たち、そこまで考えてくれてるんだ……。ありがたくもあるんだけれど、これじゃもう後戻《あともど》りできない。

想太部長が私に向き直る。

「立石さん、フィリピンってどんな昔話があんの？」

「たとえば……『サルとカメ』とか。日本の『サルカニ合戦』に似てるんです。柿《かき》じゃなくてバナナが出てくるんですけど」

「へー！　俺それ聞いてみたいな」

「うん。僕も」

「ホントですかっ？」

昔話とは無縁《むえん》に思える男子高校生にそんな風に言ってもらえるなんて。思わず声が弾《はず》んでしまう。

「あ、いいこと思いついた！　その昔話にちなんで、ハロハロにバナナ入れられないですか？」

風羽ちゃんの提案に、

「うーん、生の果物を自分たちで切って入れるのは、衛生面から禁止されてるんだ。だから、今回ハロハロに使うのはフルーツミックス缶でしょ？　でもたとえば、バナナチップスなら大丈夫《だいじょうぶ》だと思うよ。まだ予算に余裕《よゆう》もあるし」

矢崎先輩が頷き、話がサクサク進んでいく。

うわあ……。私、本当に昔話を披露するんだ。じわじわと実感が広がり、期待と不安がごちゃ混ぜになる。

これはもう……昔話の大先輩に頼《たよ》るしかない。

善は急げ。

帰りの電車に乗ると、私はスマホでお手紙みたいなメッセージを送った。


その翌日、私はおばあちゃんの家の和室にいた。ちり、りりりん、と軒下《のきした》の風鈴《ふうりん》が気まぐれに鳴っている。

「それにしても、本当に驚いたわ。のの花ちゃんが縁日で昔話を語ることにしたなんて」

おばあちゃんがコーラを運んできてくれた。

「うん、なりゆきっていうか……」

あんなに自分には無理だと言った手前、何だかちょっと照れくさい。私は視線を畳《たたみ》にそらした。

「練習すれば大丈夫よ。語りたい昔話は決まってるの？」

おばあちゃんの言葉に顔を上げ、私はこくっと頷いた。

「『サルとカメ』を語りたい」

これだけははっきり決まっている。

「でも、動画でしか見たことないの。しかもタガログ語の。このままじゃみんなに言葉で語れないから、どうしたらいいのかな」

「そうねえ……。誰《だれ》か、フィリピンの人から『サルとカメ』を採集させてもらえないかしら？」

「サイシューって……昆虫《こんちゅう》とか植物を採《と》る、〝採集〟？」

「そう。昔話っていうのは、もともと口伝えでしょ？　だから、人から聞いて記録するっていう採集方法があるの。色んな国や地方を訪《おとず》れて、その土地の昔話を採集する研究者もいるのよ」

「へーっ」

虫捕《むしと》り網《あみ》で蝶々《ちょうちょう》を追うみたいに、昔話を追い求めて世界のあちこちを飛び回る人がいるなんて。

……世界って広い。

「そっか、採集したものを縁日で語ればいいってことか」

「そう。私たちはタガログ語は分からないから、日本語で録音させてもらえないかしらね」

でも、「サルとカメ」を語って録音させてくれるフィリピン人の知り合いなんて……。

マリアさんにお願いするしかないかな?

そのとき、ふと耳元で蘇《よみがえ》ったのは私自身の声。

『May I record this lesson?』

ジョシュア先生に録画をしてもいいかどうか聞いたときのフレーズだ。

そうだ!

レッスンのときにジョシュア先生に頼めば、語ってもらえるかも……。

壁《かべ》にかかったヒマワリの写真のカレンダーに目を移す。ちょうど今日は、フリートークの金曜日だ。

「おばあちゃん！　採集って英語でもいいの？」

「ああ、それもありね。採集した言葉を日本語に訳せれば」

英語の昔話を日本語に訳して語る。

そんなの私には難易度高すぎな気もする……。

だけど、もしジョシュア先生から昔話を採集できたなら。

どんな難しいことだって、何だって乗り越えちゃおうと頑張《がんば》れる気がした。

やってみたい！

8 Summer《サマー》 mission《ミッション》

レッスンの時間になると、開口一番、私はジョシュア先生に尋《たず》ねた。

「Do you know the Filipino folk tale "The Monkey and the Turtle"?（フィリピンの『サルとカメ』っていう昔話、知ってますか？）」

ジョシュア先生はちょっとぽかんとした表情をしてから、

「Yes! Wow, it's nostalgic for me.（うん！　うわ、懐《なつ》かしいな）」

「Really!?（本当ですか!?）」

私はスマホの画面にぐいっと身を乗り出した。

「When I was a child, I heard that folk tale in Tagalog from my grandmother.（子どもの頃《ころ》、おばあちゃんからタガログ語でその昔話を聞いたことあるよ）」

「Grandmother?（おばあちゃん、ですか？）」

「Yes. My parents both worked, so my grandma took care of us.（うん。両親が共働きだったから、おばあちゃんが僕《ぼく》たちを色々面倒《めんどう》見てくれてたんだ）」

ジョシュア先生は口元で両手を組み合わせ、懐かしそうに目を細めている。

ジョシュア先生から子どもの頃の話を聞くのは初めてだ。

想像してみる。まだ小さいジョシュア先生が、たくさんのきょうだいたちと一緒《いっしょ》におばあちゃんの昔話に耳を傾《かたむ》けている様子。

先生も私みたいにおばあちゃんから昔話を聞いてたなんて、と何だか親近感を覚えてうれしくなった。

「Could you tell me "The Monkey and the Turtle"?（『サルとカメ』の話を聞かせてくれませんか？）」

祈《いの》るような思いで、私は頼《たの》んだ。

「And let me record it. I want to translate it into Japanese and tell it to the audience at the festival.（それで、録画させてください。日本語に翻訳《ほんやく》して、お祭りでみんなに聞いてもらいたいんです）」

よかった、ちゃんと言えた。

おばあちゃんの家から帰って、何度も練習したフレーズだった。

「That's a great idea!（すごいアイディアだね！）」

ジョシュア先生は目を見開いて褒《ほ》めてから、「Well……（うーん……）」と間を空けた。

「Can you wait until next Friday's lesson? I need time to prepare.（そうだな、次の金曜日のレッスンまで待てる？　準備する時間がほしいから）」

次の金曜日のレッスン……。

この場で聞かせてもらえるものだと思っていたから、ちょっと拍子抜《ひょうしぬ》けした。

でも考えてみれば、私だって「サルカニ合戦」をいきなり聞かせてなんて言われたら自信がない。準備の時間がほしい。

「Of course!（もちろんです！）」

ジョシュア先生が子どもの頃に聞いた昔話を採集させてもらえるなんて。

まるで、ぽうっと光るホタルたちを虫かごに集めるみたいだ。

一週間後、ジョシュア先生は約束通り「サルとカメ」を語ってくれた。

じっと耳を澄《す》ましていたけれど、聞き取れたのは二、三割。

集中しなきゃと思えば思うほど、なぜか先生の凜々《りり》しい眉《まゆ》や心地《ここち》いい声に気を取られてしまった自分が情けない。

でも、とにかく採集成功！

こっから頑張《がんば》ろ！

虫かごのホタルをそっと取り出すように、翌日から私はスマホで録画を再生した。

まずはこれをノートに書き起こそう。

『Once upon a time, a monkey and a turtle were walking while talking.（昔々、サルとカメがしゃべりながら散歩していました）』

一時停止。

聞き取った文章をノートに書き起こす。

『Then a banana tree ××× ××× down the river.（すると一本のバナナの木が川下に××××××）』

再生して、また停止。

うう、今の単語、何て言ったの？

聞き取れない単語があると、繰《く》り返《かえ》して再生。電子辞書やネットでそれを検索《けんさく》するから、進捗《しんちょく》はそれこそカメの速度だ。

それでも少しずつ書き起こしと和訳を進めていくと、動画でも見たストーリーが浮《う》かび上《あ》がってきた。

頭を働かせて逃《に》げたカメのハッピーエンドは、何だか胸がすっと晴れる。

したたかっていうのかな、転んでもただじゃ起きないカメのキャラクターが好きだ。

ジョシュア先生から聞いた「サルとカメ」を和訳して、気づいたことがある。

マリアさんが見せてくれた動画とは、ところどころ設定が違《ちが》う。

たとえば、動画ではふたりがバナナの木を見つけたのは陸の上だった。でも、今回は川から流れてきたという。

「どっちが正解なんだろ？」

思わずひとり言をこぼしてしまったら、

「のの花、やけに熱心に勉強してるわね。そんなにたくさん宿題出てるの？」

部屋を覗《のぞ》きに来たお母さんに、そんな風に勘違《かんちが》いされてしまった。

「別に宿題じゃないんだけど……自由研究みたいなもん」

そう。間違いなく、夏休みのどの宿題よりも気合が入っている、私のSummer misson《サマーミッション》

だ。

お盆休《ぼんやす》みに入った頃。私は完成した和訳の文章を持って、おばあちゃんの家に向かった。

「これ、フィリピンの人から採集して、和訳してみた」

「まあ、のの花ちゃんすごいじゃない。どんな人が聞かせてくれたの？」

どんな人……。

おばあちゃんが注《つ》いでくれたコーラを見つめながら、私はできるだけさりげなく答えた。

「オンライン英会話の先生。その人、フィリピン人なんだ」

「のの花ちゃん、オンライン英会話なんてやってたの？」

「うん。週二回、スマホで」

「わあ、スマホで昔話が聞けちゃうなんてすごい時代ねえ」

おばあちゃんは、ドラえもんの秘密道具が出てきたかのように、驚《おどろ》いた顔でほうっと息をついた。

そういえば、と私は気になっていたことを聞いてみた。

「この昔話、動画で見たストーリーや設定とちょっと違う部分があるんだ。どっちが正しいんだろ？」

「正解はないんじゃないかしら。昔話は民族みんなで作り上げたものだから、色んなバージョンがあっていいのよ。同じ国でも伝わった地域によって違ったりするの」

「そうなのっ？」

「たとえば『桃太郎』の設定だって、地域によって様々なのよ」

〝これ〟っていう正解はない。それってどれも正解ってこと？

アバウトっていうか、大らかっていうか……。

でも、昔話のそういうところ、嫌《きら》いじゃないなと思った。

「さて。じゃあ、今度はこれを再話する作業ね」

「サイワって？」

「語りやすい文章に直していくことよ。たとえば、土地の言葉を標準語にする再話とか、外国語を日本語にする再話があるわ」

「私、もう日本語に訳したよ？」

「外国語を直訳しただけじゃ、日本語で聞きやすい文章とはいえないのよ」

「そーいうものなの？」

採集の次は、再話。

昔話の世界って、意外と知らないことばっかりで奥《おく》が深い。

「聞いた瞬間《しゅんかん》に理解できるように、長い文は区切るの。語り手、聞き手両方のために、一文は一息で語れる長さにする。文をつなげてダラダラしないことね」

「ふーん」

たとえばここ、とおばあちゃんは私のノートのページを指さした。


サルはたくさんのバナナが実った木に登り、その実をおいしそうに食べ始めましたが、カメは木の下でじっと待機させられています。

こんなふうに変えたらどうかしら、とおばあちゃんは鉛筆《えんぴつ》で書《か》き込《こ》みをして読み上げた。

サルはたくさんのバナナが実った木に登り、その実をおいしそうに食べ始めました。ところが、カメは木の下でじっと待たされています。

「あっ、言われてみれば、聞きやすくなったかも」

「でしょ？　一文の長さの他にも、漢語は和語に直したりするの。『待機』っていう言葉は『待つ』って置《お》き換《か》えた方が、伝わりやすいわ」

へーっと頷《うなず》きながら、私はこれまでおばあちゃんが語ってくれたおはなしの数々を思い出す。今まで意識したことなんてなかったけれど、どれも、こんなふうに聞き手のために丁寧《ていねい》に選び取った言葉だったのかもしれない。

その日から、和室の机に向かって、おばあちゃんと一文ずつ再話していった。

できあがった原稿《げんこう》は、読み上げると六分ほど。

……な、長い。

これを覚えてみんなの前で語る。それを想像してみると足がすくむ。私に本当にできるかな。

幼稚園《ようちえん》の卒園発表会で泣き出した六歳《さい》の頃の自分が、不安げに私を見上げているような気持ちになった。

「ねえ、おばあちゃん。そもそもだけど、昔話って原稿を読みながら語っちゃダメなの？」

本番も原稿があれば心強いのに、と思って聞いてみた。

「そうねえ……。目と目を合わせて語ることが大切なの。そうすることで、同じ場にいる聞き手との一体感が生まれるわ。おはなしは、語り手と聞き手が一緒に作り上げる、一期《いちご》一会《いちえ》の世界なのよ」

「一期一会？」

「そう。だから、同じ語り手が語っても、その度《たび》に別のものになるわ」

確かに、おばあちゃんはいつも私の顔を見ながら語ってくれていた。

だからかな、その日の私のために語ってくれているんだっていう特別感があった。

今度は、私がお客さんに語る側になる。

縁日の一日カフェで、そこに来てくれたお客さんのために語るんだ。

「めちゃくちゃ緊張《きんちょう》するけど……頑張って覚えてみようかな」

気づけば、そう心が動いていた。

帰《かえ》り際《ぎわ》、玄関《げんかん》で靴《くつ》を履《は》く私に、おばあちゃんはこんなアドバイスをくれた。

「覚えるっていっても、年号みたいに丸暗記するわけじゃないのよ。おはなしの場面を想像しながら覚えていくの。そうして練習を重ねれば、この物語を自分のものにできるわ」

物語を自分のものに……。聞きそびれてしまったけれど、それってどういう意味だろう?

9　二度目のエア握手《あくしゅ》

夏休みから九月にかけて、私は「サルとカメ」の再話を小声でつぶやき、少しずつ暗記していった。入浴中や通学中、家族や通りすがりの人に怪《あや》しまれながらも。

九月末の文化祭（うちのクラスの出しものは、お化《ば》け屋敷《やしき》になった）が終わる頃《ころ》には、何とか終わりまで覚えることに成功した。

とはいえ、言葉を口から引っ張り出すことで精一杯《せいいっぱい》。頭のなかは文字でいっぱいだ。

本番が近づいてきて、不安だし緊張《きんちょう》はもちろんする……。

だけど、これはジョシュア先生の言葉だ。私のために語ってくれた昔話。

これを今度は私がお客さんに伝えるんだ。

その気持ちが原動力だった。

縁日《えんにち》まであと一週間を切った十月の日曜日。

「カメもなかなかずる賢《がしこ》いよね」

カラオケボックスで昔話の練習に付き合ってくれた風羽ちゃんは、そう笑った。

落ち着いて昔話の練習ができる場所、と考えて訪《おとず》れたのが、風羽ちゃんの住んでいる街のカラオケボックスだった。

「ノノ、頑張《がんば》って覚えたじゃん」

「ありがとう。うーん、でもなあ……」

「何か不安？」

「おばあちゃんはね、練習すれば『サルとカメ』を〝自分のもの〟にできるって言ってたんだ。だけど私、それがどういうことかいまいち分かんなくて」

確かに「サルとカメ」の再話を暗記することはできた。でもこれが〝自分のもの〟になったかと言われたら、自信はない。

「私はそれ、ちょっと分かる気がする」

「えっ、マジで？」

風羽ちゃんはあっさり頷《うなず》いた。

「スポーツでも、〝自分のもの〟にするって言葉はよく使うよ。私が中学でバレーボールやってたときも、スパイクやサーブを自分のものにしなさいってコーチに言われたもん」

「つまりそれってどういうこと？」

「自分の頭で考えなくても体が動くようになる、って感じかな。だって試合中にいちいちスパイクの助走を頭で考えたりする余裕《よゆう》ないでしょ」

言われてみれば。そんなこと考えていたら、ボールの速さに追いつけない。

それを昔話の語りに当てはめてみると……。

「あっ。頭で考えなくても、口から言葉が出てくる感じってことか」

「さっきのノノの語りは確かにちゃんと原稿《げんこう》を覚えてたけど……正直言うと、一生懸命《いっしょうけんめい》思い出しながら語ってるっていう風にも見えちゃった」

「だよねえ……」

がっくりした私の肩《かた》を風羽ちゃんはポンと叩《たた》く。

「ノノさ、もっとイメトレしてみたら？」

「イメトレ？」

「そう。バレーボールの練習のとき、イメトレが大事ってよく言われたんだ。ノノも『サルとカメ』の場面をもっと想像してみるといいんじゃない？　そしたら、〝自分のもの〟になるかもよ」

「それいいかも！」

おばあちゃんも、想像しながら覚えるようにって言ってたような気がする。

だけど、と不安になる。

「今からで間に合うかなあ……」

「大丈夫《だいじょうぶ》。まだあと一週間近くあるよ。明日《あした》はリハもできるんだし」

そう、明日の部活でハロハロの試作をした後、「サルとカメ」のリハーサルもさせてもらうことになっている。

「部員の前で練習しとけば？」という想太部長の計らいだ。

たったのあと一日で〝自分のもの〟にできるとは思えないけど、練習する機会があるのはありがたいかも。

「そうだ。一日カフェ、うちのイトコたちも来るみたい」

「じゃあ、マリアさんも？」

「親が来るなんてちょっと恥《は》ずかしいけどね」

風羽ちゃんが苦笑いする。

「ノノの語る『サルとカメ』も楽しみにしてるって」

「えっ、話しちゃったの？」

「とーぜんでしょ」

マリアさんとは、ハロハロパーティーで会って以来だ。

そもそも「サルとカメ」を教えてくれたのはマリアさんだし、フィリピン出身の人の前でフィリピンの昔話を語るなんて緊張してしまう。

「ノノが頑張ってるから、私も勇気出してみようかな」

帰り道、私を駅まで送ってくれた風羽ちゃんは、ぽつりとそんなことを言った。

「勇気？　何のこと？」

「一日カフェが終わったら、想太部長に告白する」

「えっ、ちょっと待って、ええっ？」

思わず、隣《となり》を歩いていた風羽ちゃんの顔を見る。

「そんな話、初めて聞いたよ!?」

だって風羽ちゃんは西井くんが好きだったんじゃ……？　そういえば、文化祭の出しもの話し合い以降、風羽ちゃんから恋《こい》バナは聞いていなかった。

「夏休み、四人でハロハロの具材の価格調査に行ったじゃん？　あの日、出張料理人になりたいって話とか聞いて……」

風羽ちゃんは前を向いたまま前髪《まえがみ》を指でいじった。

あのとき、うまいものを食べて元気になってもらいたい、と言っていた想太部長を思い出す。あの笑顔《えがお》からは、みんなに顔を分《わ》け与《あた》えるアンパンマンみたいな優《やさ》しさが滲《にじ》み出《で》ていた。

「応援《おうえん》する！　想太部長が彼氏《かれし》だったら、ぜったい優しいよ」

「暑苦しそうだけどね」

風羽ちゃんがこっちを向いて照れくさそうに笑った。


家に帰ると、自分の机に向かって「サルとカメ」の再話の原稿を改めて、じっくり読んでみた。

〝自分のもの〟にするために、イメージをしてみよう。

確かに、今までの私は暗記しなきゃといっぱいいっぱいで、頭のなかが文字だらけだった。

大好きな「漁師の娘」の昔話を思い出す。あのときみたいに、おはなしの世界を思《おも》い描《えが》いてみよう。

「昔々のことです。あるところにサルとカメがいました。ふたりがしゃべりながら散歩していると、川から一本のバナナの木が流れてきました」

声に出して、その場面を想像してみる。怠《なま》け者《もの》で欲張りなサルと、したたかで賢いカメはどんなことを話しながら歩いてたのかな。

流れてきたバナナの木はどのくらいの大きさで、それはどんな川だったのかな。

イメージを膨《ふく》らませながら読んでいると、ベッドの上のスマホがポロンと鳴った。

現実に引《ひ》き戻《もど》され、スマホを確認《かくにん》してみる。

【講師交代のお知らせ／オンライン英会話マグサリタ】

ジョシュア先生お休みするのかな、と思ってメールを開くと。

【ジョシュア講師は、一身上の都合により今週水曜日のレッスンにて退職することになりました。ジョシュア講師に代わり、金曜日からのレッスンはモニカ講師が担任になります。突然《とつぜん》のご連絡《れんらく》になり大変ご迷惑《めいわく》を……】

え？

ちょっと待って。

退職。

飛《と》び込《こ》んできたその二文字に、頭のなかのサルもカメもバナナもみんなどこかへ飛んでいった。

ウソでしょ⁉　だって、この前のレッスンで何にも言ってなかったのに。

一身上の都合、なんて決まり文句はシャッターみたいだ。ピシャリと閉《と》ざされて、もうそこから一歩も踏《ふ》み込《こ》むことができない。

何で何で何で……。

私は真っ暗な画面のスマホを握《にぎ》りしめていた。

翌日。睡眠《すいみん》不足の体を引きずるように調理室へ向かった。

一晩中、ジョシュア先生が退職する理由をぐるぐると考えていた。

すぐにでも風羽ちゃんに相談したかったけれど、移動教室が続いたり、日直の仕事があったりして、タイミングが合わなかった。

やっと放課後になっても、

「ごめん、今週掃除《そうじ》当番なんだ。ノノ、先に調理室行ってて」

理科室の掃除に向かう風羽ちゃんに、ぎこちなく頷くしかなかった。

「あっ、ノノちゃん。今日、ハロハロの試作楽しみだね！」

「かすみん……」

東校舎の階段を上っていると、あだ名で呼び合うようになった斉藤さんが、後ろから声をかけてくれた。

クッキング部に入部してから、昼休みのお弁当もかすみんのグループで食べるようになった。

「その後、昔話のリハーサルもするんでしょ？　お昼も口数少なかったけど、緊張してる？」

「う、うん……」

ずしん、と心が重くなる。

ジョシュア先生の退職で、今の私は正直リハどころじゃない。

調理台には、想太部長たちと業スーで選んだ材料がすでに用意されている。

班ごとのハロハロ作りが始まると、調理室にはいつも以上に笑い声が弾《はじ》けていた。

「次、こっちにかき氷機貸してー」

「バニラアイス盛りすぎじゃない？」

「こぼれるこぼれる！」

「あっ、コーンフレークかけ忘れた」

部員たちがハロハロ作りを楽しんでくれてる。

昨日のあのメールを見る前の私だったら、そんな光景が心からうれしかったと思う。

なのに……。

器《うつわ》にフルーツやプリン、あんこを盛っても盛っても、まるでときめかない。

ハロハロができあがった班から、長机に着席して試食が始まった。

ああ、どうしよう。

だんだんと昔話のリハの時間が近づいてくる。こんな状態でみんなに語るなんて……。

スプーンでハロハロをぐにぐにとかき混ぜながら、リハのキャンセルを申し出ようかと迷っているうちに、

「それじゃそろそろ立石さん、『サルとカメ』お願いします！」

想太部長に呼ばれてしまった。

矢崎先輩が用意してくれたホワイトボード前の丸イスに座《すわ》る。

みんなが私を見てる。ギュッと目を閉じてしまいたくなる。

語らなくちゃ……。

私は伏《ふ》し目《め》がちに、口を開き始めた。

「むっ、昔々のことです。サルとカメが……」

先生、何で辞《や》めちゃうの？

「やがてカメの植えた木に、大きくて黄色いバナナが……」

明後日《あさって》までなんて急すぎるよ。

「サルはたくさんのバナナが実った木に登り……」

頭のなかはジョシュア先生のことでいっぱいで、サルもカメも思《おも》い浮《う》かばない。

あれ？　私、今どこまで語ったっけ……？

「カメが……。じゃなくて、サルがバナナを、えっと……」

覚えた言葉たちを引っ張り出そうとしても、絡《から》まった毛糸玉のように出てこない。

みんなが、じっと私を見たまま、言葉の続きを待っている。かあっと体中が熱くなる。

もう無理！

ガタンッ。思わず立ち上がると、その拍子《ひょうし》にイスが倒《たお》れて転がった。

「すみません、ちょっと気分がわるくなって……」

蚊《か》の鳴くような声で言うのが精一杯だった。

「大丈夫？　保健室行ってきたら？」

想太部長の言葉に力なく頷く。

ついていきます、と風羽ちゃんが立ち上がった。

私の背中に手を当てた風羽ちゃんと廊下《ろうか》に出たとたん、ぶわっと涙《なみだ》が溢《あふ》れ出《で》た。

「どしたの、ノノ？　何かあった？」

「先生が……辞めちゃうから」

私は意気地《いくじ》なしだ。ジョシュア先生がいないと、ほんの少しの自信も、覚えた言葉もどこかに飛んでいってしまう。

「一身上の都合なんて、何だか突《つ》き放《はな》された気がする……」

事情を話すと、

「そんなの事務局からのメールでしょ？　最後の授業で、直接先生に理由を聞いてみなよ」

風羽ちゃんは背中をなでてくれた。

「そんなプライベートなこと聞いても大丈夫かな……」

「ジョシュア先生って、そんなにビジネスライクなの？　生徒に辞める理由を聞かれたら、突っぱねるような人？」

風羽ちゃんの言葉に、首を横に振《ふ》る。

「そうじゃない……と思う」

マグサリタは、ジョシュア先生にとってもちろん仕事。私は週二回三十分間だけの生徒だ。私には言えないことだってきっとある。

でも、何も知らないままさよならしたら、この先ずっとモヤモヤしてしまう。

「それにチャンスじゃん」

「チャンス？」

はなをずずっとすすりながら、鸚鵡返《おうむがえ》しした。

先生が辞めちゃうのに、何言ってるんだろう？

「ＳＮＳのＩＤとか連絡先聞いちゃえば？」

「え」

「在籍《ざいせき》してる先生と連絡先の交換《こうかん》は禁止なんでしょ？　ってことは、辞めちゃえば、ＳＮ

Sとか連絡取ってもOKってことじゃない？」

「そ、そんな、自分から聞く勇気ないよーっ」

「もしかしたら、先生から聞いてくれるかもしれないよ？」

「ない、ない。それはぜったいないって」

先生が何人の生徒を受け持ってるかは知らないけれど、私はそのなかの一人にすぎない。

せめて理由を聞いて、お礼を言いたい。先生のおかげで、こんなに私の世界は広くなったんだから。

明後日、最後のレッスンがある。先生の言葉に耳を傾《かたむ》けよう。

知りたい。どんな理由だったとしても。


二日後。ずっとイヤホンをしてるみたいに、学校の授業も耳に入ってこなかった。

ついに夕方六時。

見えないイヤホンがすぽっと抜《ぬ》け、緊張する指先でログインする。

「Hello!」

スマホに映ったジョシュア先生は、おなじみの青いTシャツ姿。いつもと変わったところはない。

私は予《あらかじ》め調べておいた英語で尋《たず》ねた。

「Are you going to quit this job?（先生、この仕事を辞めるんですか？）」

先生は少し眉《まゆ》を下げた笑顔で、小さく頷いた。

「Yes. I'm going to work in Japan.（うん。日本で働くことになったんだ）」

「日本!?」

思わず日本語で叫《さけ》んでしまった。

「Working in Japan has always been my dream. I work as an interpreter at a company in Osaka.（日本で働くことは、ずっと僕《ぼく》の夢だったんだよ。大阪の会社で×××をするんだ）」

「いんたーぷりたー？」

その単語を知らない私に、先生は手振りを交えながら噛《か》み砕《くだ》いた英語で説明してくれた。

どうやら、「通訳者」って意味みたい。

でもちょっと待って。通訳ってことは……。

「……Can you speak Japanese?（先生、日本語話せるんですか？）」

不意打ちをされたように、先生ははにかんだ。

「大学の頃から日本語を学んでたんだ」

あぜん。

だって、返ってきたのは流暢《りゅうちょう》な日本語だった。まるで吹《ふ》き替《か》えの映画を見てるみたい。

そっか、英会話の勉強だから、私にはわざと日本語が分からないふりをしてたってことなんだ……。

「ノノカが『サルとカメ』を聞かせてと頼《たの》んだとき、僕は日本語で教えてあげたかった。でも、よく頑張ったね」

ジョシュア先生がもし日本語で語ってくれてたなら楽だった。

だけど、先生からもらった言葉だから頑張れたミッションだったんだ。

「急に辞めることになってごめんね。家族のために日本で働きたいんだ。僕の学費は、姉さんが海外で稼《かせ》いでくれた。僕も、下のきょうだいたちのために働きたい」

「……先生は、七人きょうだいでしたよね」

ハロハロパーティーのとき、私を抱《だ》きしめてくれたマリアさんの力強い腕《うで》を思い出す。

家族のため、大切な人のためにフィリピンの人たちは頑張ってる。ジョシュア先生もその一人なんだ。

「楽しかったよ、ノノカ」

ジョシュア先生は両頰《りょうほお》に笑窪《えくぼ》を浮かべ、スマホの向こうで右手を差し出した。

ああ、これって。

私は四月の体験レッスンを思い出す。あのときも、こうしてジョシュア先生はエア握手をしてくれた。

あの手を握ったときから、フィリピンがぐっと近くなったんだ。

もしも願いが叶《かな》うなら、その手を直接握りたい。

先生が日本に来るってことは、距離《きょり》が縮まるってことなのに。もうこうして顔を合わせられない。

近くなるのに遠くなってしまう。

接点のなくなる私たちの世界は、混ざり合わないんだ。

それなら、その前に。

「ジョシュア先生、一つだけお願いをしてもいいですか」

「うん、何?」

「よかったら今日、私の日本語の『サルとカメ』を聞いてもらえませんか」

ほんとは、今日は英文法の授業だって分かってる。普段《ふだん》の私だったら、そんなお願いはしない。

でも。

『おはなしは、語り手と聞き手が一緒《いっしょ》に作り上げる、一期一会《いちごいちえ》の世界なのよ』

おばあちゃんは、そう言っていた。

ジョシュア先生に聞いてもらえるチャンスは今しかない。一度だけ二人の間に、おはなしの世界を作ってみたかった。それが、連絡先の交換よりも、私が望んでいることだった。

「Wow! 聞かせてくれるの?」

私は頷く。まだ『サルとカメ』を〝自分のもの〟にできている自信はない。

それでも、今できる精一杯で語りたい。ジョシュア先生から聞かせてもらった昔話を、今度は私の言葉で聞いてもらいたい。

「聞いてください。フィリピンの昔話、『サルとカメ』」

10 Kaya《カヤ》 mo《モ》 yan《ヤーン》!

本番までの残り三日間。

水曜日の夜、レッスンが終わってから何度も『サルとカメ』の練習をした。

もうストーリーは頭に入ってるから、私は目を閉じて物語の世界を何度も想像した。

私の思《おも》い描《えが》くこのイメージを聞き手の人たちに伝えられるような語りをしたい。

でも、それってそんなに簡単に達する域じゃない。相変わらず再話の文章を暗唱することで精一杯《せいいっぱい》だ。

でも、くじけそうになるたび思い出すのは、ジョシュア先生との最後のレッスン。

先生に『サルとカメ』を聞いてもらうことができた。

二回つっかえてしまったし、頭で考えなくても口から言葉が出てくる感じには程遠《ほどとお》かった。

それでも。

「すごいよ、ノノカ。これをフェスティバルで語るんだね」

ジョシュア先生は、私の語る『サルとカメ』を聞き終わると、そう褒《ほ》めてくれた。

「僕《ぼく》はいつか、フィリピンと日本の架《か》け橋《はし》になりたいと思ってる。君も同じだね、ノノカ。フィリピンの昔話を日本で語るでしょ？　君は昔話を語ることで、日本とフィリピンをつなげようとしてる」

私は慌《あわ》てて首を横に振《ふ》った。

だってそんな立派な志じゃないよ……。

「もっと練習しなきゃと思ってるんです」

「大丈夫《だいじょうぶ》、Kaya mo yan!《カヤモヤーン》」

「かやもやーん？」

「タガログ語で『君ならできる』っていう意味。応援《おうえん》するときのかけ声だよ」

オンライン英会話の時間に日本語で昔話を語って、タガログ語の応援の言葉をもらうなんて、何だかごちゃ混ぜで笑ってしまう。

これはたった一つ、先生から教えてもらったフィリピンの言葉。

形のないこのお守りを、本番、一日カフェの会場まで握《にぎ》りしめていこう。

十月の第四土曜日。一日カフェの当日が来た。

縁日《えんにち》が行われる市民プレイスは、地域の人たちで賑《にぎ》わっていた。

野菜や工芸品の販売《はんばい》。秋晴れの屋外ではダンスの発表やミニコンサートが行われていた。

五階の一日カフェにも、九時の開店直後から続々とお客さんがやってきた。

接客をする多目的室は教室と同じくらいの広さで、四人掛《が》けのテーブルが八つ並んでいる。

前日の放課後、部員みんなで黄色と紫《むらさき》のバルーンで飾《かざ》りつけをした。黄色は、バナナやマンゴーといったフィリピンのフルーツのイメージ。紫は日本のあずきのイメージだ。

小さな子どもからお年寄りまで、お客さんたちがフィリピンのハロハロを食べている。

その光景を見た気持ちを何て言葉で表現したらいいんだろう。

多目的室の様子を覗《のぞ》いて、隣《となり》の調理室に戻《もど》ってきた私は、風羽ちゃんの着ているエプロンをちょんと引っ張った。

「風羽ちゃん、やばい。私、何かすごくうれしい」

「ぽーっと感動してる場合じゃないよ。ノノ、もうすぐ一回目の発表でしょ」

アイスを盛りつけていた風羽ちゃんが時計を見やる。

発表は十一時と十四時の二回。

「立石さん、もうすぐ出番だよー!」

想太部長の声かけにドキッとして、盛りつけていたバナナチップスを落としそうになる。

私、本当にあそこで語るんだ……。

「フリースペースも準備OK。昔話の最中に来たお客さんたちは、そっちに案内するから」

矢崎先輩《せんぱい》がフリースペースから調理室に戻ってくる。

「ありがとうございます! じゃあキッチン抜《ぬ》けまーす」

私はエプロンを外し、調理室の隣の多目的室に入る。

お客さん、結構いる……。四人掛けのテーブル席には、ざっと数えて二十人くらい。お母さんの膝《ひざ》に座《すわ》る小さな子から、年配の男女まで集まっていた。ハロハロを食べている最中の人もいれば、もう食べ終わって待っている人もいる。

開始時刻の十一時まであと二分。ドアの手前では、かすみんが見守ってくれている。

深呼吸。大丈夫、何度も練習したんだから。

「みなさん、お待たせしました！　えー、まもなく、フィリピンの昔話の時間です」

想太部長が太鼓《たいこ》みたいにドドンと響《ひび》く声で、お客さんたちに告げた。

「語ってくれるのは、うちのクッキング部一年生、立石さんです」

私は窓を背に、用意してもらったイスに座った。

どくどくどくと、体中の脈が速くなっているのがわかる。

「こんにちは。立石ののの花です。今日はフィリピンの『サルとカメ』っていう昔話を語ります。ハロハロのトッピングの一つだと思って、どうぞごゆっくりお楽しみください」

いざ語り始めようとしたとき。

「え、何してんの？」

ガラスをはめ込《こ》んだドアの向こうから、声が聞こえてきた。

同じクラスの男子たちだ。片手にハロハロを持ち、スプーンを口にくわえて、会場を覗《のぞ》き込《こ》んでいる。

うわっ。あの人たちが縁日に来るなんて思わなかった。

イヤだ見ないで。変なことしてるって指さされたくない。

私は膝の上で拳《こぶし》をぎゅっと握った。

どうしよう……。口を開くのが怖《こわ》い。

そのとき。男子たちを押《お》しのけてガラッとドアを開けた人がいた。

「遅《おく》れてごめんねー！」

雲の間から現れた太陽みたいに明るい声の主は、マリアさんだった。その両手はケンくん、エミリちゃんとつながれている。

会場の注目を集める三人を、

「どうぞ、あそこの空いてる席におかけください」

かすみんがテーブルに案内する。

「あ、ノノちゃん、いたー！」

「ノノ、『サルカメ合戦』聞きに来たぞっ」

エミリちゃんとケンくんが私に手を振ってくる。

本当に来てくれたんだ……。会場にいないから、午後の回か、別の用事ができちゃったのかと思ってた。

頑張《がんば》らなきゃ。やるって決めたんだから。

でも、まだドアの向こうにいるクラスメイトたちが気になって仕方ない。

相反する気持ちに板挟《いたばさ》みになっていると、マリアさんが拳《こぶし》を高く上げた。

「ノノカちゃーん、Kaya mo yan!」

エミリちゃんやケンくんよりもさらに大きなその声援が、会場に響いた。

Kaya mo yan!

そうだ。

ジョシュア先生もそう言ってくれた。君ならできるって。私は心のなかのお守りを握り直した。

ふと、私の膝の上に、小さなバッグが載《の》っているような気持ちになった。

そのバッグに詰《つ》まっているのは、「サルとカメ」のたくさんの場面のイメージだ。

クラスメイトにどう思われたって関係ない。私はフィリピンが好き。今日ここにいる人たちに、フィリピンの昔話を届けたいんだ。

バッグを開く気持ちで、私は口を開いた。

「昔々のことです。あるところにサルとカメがいました。ふたりがしゃべりながら散歩していると、川から一本のバナナの木が流れてきました」

語り始めると、バッグから溢《あふ》れるようにイメージが私の目の前に流れ出してきた。

サルとカメがふたりで散歩している場面。

川からバナナの木が流れてきた場面。

サルとカメが木を半分こしている場面。

意地悪なサルがバナナを独《ひと》り占《じ》めしている場面。

怒《おこ》ったカメが仕返しを決意する場面。

不思議。

暗記した文章を思い出そうとしなくても、一つ一つの場面のイメージが言葉を引き出してくれる。まるで、メロディーに歌詞を乗せて歌っているような。

ああ、そっか。

今頃《いまごろ》、おじいちゃんの付《つ》き添《そ》いで病院にいるおばあちゃんに、心のなかで話しかけた。

昔話を〝自分のもの〟にするっていうのは、きっとこういう感覚なんだね、おばあちゃん。

私はお客さん一人一人と目を合わせて語った。みんなの心に「サルとカメ」のイメージが届きますように。

「こうして、カメは川をすいすい泳いでいったのでした。めでたしめでたし」

最後の場面のイメージを語り終えると、会場が拍手《はくしゅ》に包まれた。

「おもしろかったねー」という親子の声が、ハロハロの仕上げのコンデンスミルクみたいに、胸に染《し》みていく。

いつの間にか、ドアの向こうにいた男子たちの姿は消えていた。

そうだ、お礼を言わなきゃ。マリアさんたちのテーブルに駆《か》け寄《よ》ると、

「ノノカちゃん、最高だったよー！」

マリアさんが、私の手をぎゅっと握った。

「マリアさんたちの応援があったから、語れたんです」

もし、あのタイミングで三人が来なかったら。Kaya mo yan! の言葉がなかったら。

私はきっと自分の「サルとカメ」を語れなかった。

「ノノちゃん、あたし見えたよ」

エミリちゃんが私のセーターの裾《すそ》を引っ張る。

「ん?」

しゃがんで視線を合わせると、エミリちゃんはにっこり笑った。

「ノノちゃんの昔話聞いてたら、サルとかカメとか、黄色いバナナとか、目の前に見えた」

「うわ、ほんとっ? ありがとう」

きっと伝わったんだ。私の差し出した物語のイメージが、聞いてくれる人に伝わったんだ。

「ノノ、昔話もう一回やるんでしょ? 午後も聞いてあげてもいいよ」

ケンくんのエラそうな口ぶりに、思わず笑ってしまう。

こんな手ごたえを感じたら、午後の発表も頑張れる。

またもう一度、一期一会《いちごいちえ》の世界を作るんだ。


十四時の発表も終わった。

お客さんの顔ぶれが違《ちが》うと、また新鮮《しんせん》な気持ちだった。

私、ここで二回も昔話を語ったんだ。

あがり性《しょう》で引っ込み思案な自分がそんなことをしたなんて、何だか信じられない。

発表用の自分のイスを片付けていると、

「あなたきれいな声ねえ」

真っ白な髪《かみ》を結《ゆ》ったおばあさんがそう話しかけてきて、私の手を取った。

「透明感《とうめいかん》があって、とっても聞き取りやすかったわ」

「ほんとですか？　ありがとうございます」

そんな風に褒められるなんて。答える声が自然と弾《はず》んでしまう。

「うちのアパートにね、最近フィリピン人の学生さんが引《ひ》っ越《こ》してきたのよ。今まで会話のきっかけもなかったけど、この昔話知ってるか聞いてみるわね」

「はい、ぜひ！」

頭のなかに、このおばあさんとフィリピンの学生さんがおしゃべりしている場面が浮《う》かんだ。アパートの廊下《ろうか》で、楽しそうに。

私の知らないどこかで、また日本とフィリピンの人が混ざり合うんだ。

ほんのちょっとだけ、胸を張りたくなった。

エピローグ

再びフィリピンと同じ季節がやってきた七月。

私は高二になっていた。劇的に英語の成績が伸《の》びた、なんてことはないけれど、今もマグサリタを続けている。

今日から、新しい先生とのレッスンだ。

ジョシュア先生の退職後、担任はモニカ先生という女性だった。モニカ先生は日本のアニメが好きで、趣味《しゅみ》はコスプレ。そんな先生との毎週のレッスンも楽しかった。

そのモニカ先生も転職することになったそうだ。

三人目の先生はどんな人かな。

そわそわしながらリビングでアイスを食べていると、どこかに出かけていたお母さんが帰ってきた。

「ねえねえ、申《もう》し込《こ》んじゃった」

「申し込んだって、何に？」

「アメリカ一人旅よ！」

「えっ」

お母さんがバッグから取り出したのは、アメリカ旅行のパンフレットとガイドブックだ。

「旅行代理店で、初めての一人旅なんですって言ったら親切に相談に乗ってくれてね。えいやって申し込んじゃったのよ」

「マジで？」

ついに行くのか。

正直、お母さんにそんな行動力があるなんて思わなかった。控《ひか》えめで突拍子《とっぴょうし》もないことはしない、それが私の知ってるお母さんだった。

「英語はまだそんなに自信あるわけじゃないけど、ブロードウェイでミュージカルを観《み》てみたいの」

「へー、いいじゃん！」

「のの花と拓斗には申し訳ないんだけど、来月一週間、家を空けさせてもらうわね」

「大丈夫《だいじょうぶ》、もうコドモじゃないんだから。楽しい思い出作って、お父さんを見返しちゃえ」

お母さんが一週間いなくて一番困るのは、たぶんお父さんだ。

この夏、お母さんはアメリカ、風羽ちゃんはフィリピン、か。

風羽ちゃんは家族三人で、フィリピンにいるマリアさんの親戚《しんせき》に会いに行くらしい。それを寂《さび》しがっていたのは、私より想太先輩《せんぱい》だけど。

去年の一日カフェの後、風羽ちゃんが告白して、二人は付き合い始めた。

もう部長は新二年生に代替《だいが》わりしたけれど、情に厚くて優《やさ》しい想太先輩とさばさばした風羽ちゃんは、部員たちからもお似合いだと言われている。

もうすぐ夕方六時。

私は机にスマホを立てる。

ドキドキしながらレッスン開始ボタンをタップすると、映し出されたのは、初めて見る女の人。

今までの先生たちも若かったけれど、一番年下に見える。

「Hi! Nice to meet you!（ハーイ！　はじめまして！）」

先生が笑顔《えがお》で手を振《ふ》っている。

「Hello! My name is Nonoka Tateishi.（こんにちは！　私は立石ののかです）」

自己紹介《しょうかい》をすると、

「Yes, I know you, Nonoka.（はい、知ってますよ、ノノカ）」

「え？」

「My name is Teresa Dela Cruz. I am Joshua's sister.（私の名前はテレッサ・デラクルス。ジョシュアの妹です）」

「Really!?（本当ですか!?）」

「Yeah. I graduated from university this June. And I started this work.（うん。この六月に大学を卒業しました。そしてこの仕事を始めたの）」

そう話すテレッサ先生の二つの笑窪《えくぼ》に、ジョシュア先生の面影《おもかげ》が見えた気がした。

「……How is Joshua?（……ジョシュア先生は、元気ですか？）」

「Yes. He still works in Japan. Thanks to my brother, I was able to graduate from university.（うん。彼《かれ》は今も日本で働いてる。私は兄のおかげで、大学を卒業できたの）」

不意に瞳《ひとみ》が潤《うる》んできて、私は画面から顔を遠ざけた。しずくがこぼれ落ちても、気づかれませんように。

あのときの言葉通り、ジョシュア先生は家族のために、きょうだいのために一生懸命《いっしょうけんめい》働いてるんだ。

今も、この日本のどこかで。

いつかどこかできっと、ジョシュア先生に会える。何の根拠《こんきょ》もないけれど、そんな気がする。

だってこの世界は、色んなところで混ざり合ってるんだから。

私はさりげなく目元をぬぐうと、

「Shake hands!（握手《あくしゅ》！）」

フィリピンへと右手を伸ばした。

【参考文献《ぶんけん》】

『世界の統計2023』 総務省統計局／編集 日本統計協会
『ホットケーキ』（愛蔵版おはなしのろうそく 9） 東京子ども図書館／編 大社玲子《おおこそれいこ》／絵 東京子ども図書館
『子どもに語るアジアの昔話1』 松岡享子《まつおかきょうこ》／訳 こぐま社 （「漁師の娘《むすめ》」は、この書籍《しょせき》から引用いたしました）
『どんな国？どんな味？世界のお菓子《かし》〈2〉アジアのお菓子2』／服部幸應《はっとりゆきお》・服部津貴子《つきこ》監修《かんしゅう》・著 岩崎書店
『日本昔話ハンドブック新版』 稲田浩二《いなだこうじ》・稲田和子《かずこ》／編 三省堂
『世界昔話ハンドブック』 稲田浩二／編者代表 三省堂
『レクチャーブックス・お話入門』シリーズ 松岡享子／著 東京子ども図書館
『フィリピンの民話』 マリア・D・コロネル／編 竹内一郎《たけうちいちろう》／訳 青土社
『フィリピンの民話』（アジアの民話 7） ディーン・S・ファンスラー／原著 サミュエル淑子《よしこ》／訳 大日本絵画巧芸《こうげい》美術
『サルカメ合戦―フィリピンの民話』（ちくま少年図書館） 村上公敏／編訳 筑摩書房
『The Turtle and the Monkey―A Philippine tale』Galdone Paul 文・絵 Clarion Books

謝辞

雑誌連載時《れんさいじ》より、昔話の語り手・元白百合女子大学《しらゆりじょしだいがく》非常勤講師の菊地彰子《きくちあやこ》先生、フィリピンのミンダナオ国際大学日本語センター長の町田隆一《まちだたかかず》先生にご助言を賜《たまわ》りました。また、フィリピンにルーツを持つ方々からもお話を伺《うかが》いました。

皆様《みなさま》のご協力に、心より感謝申し上げます。

こまつあやこ

1985年生まれ。東京都中野区出身。神奈川県在住。清泉女子大学文学部日本語日本文学科卒業後、学校や公共図書館の司書として勤務。2017年『リマ・トゥジュ・リマ・トゥジュ・トゥジュ』で第58回講談社児童文学新人賞を受賞し、2018年に講談社より刊行。『ハジメテヒラク』（講談社）で日本児童文学者協会新人賞受賞。その他『ポーチとノート』『雨にシュクラン』（以上、講談社）など。

ハロハロ

2024年12月10日　第1刷発行

著者――――――――こまつあやこ
装画――――――――イワイアイミ
装丁――――――――長崎綾 (next door design)
発行者―――――――安永尚人
発行所―――――――株式会社講談社
〒112-8001
東京都文京区音羽2-12-21
電話　編集　03-5395-3535
販売　03-5395-3625
業務　03-5395-3615
印刷所―――――――株式会社新藤慶昌堂
製本所―――――――株式会社若林製本工場
本文データ制作―――講談社デジタル製作

KODANSHA

N.D.C. 913　191p　20cm　ISBN978-4-06-537068-1

本書は「日本児童文学」2022年1・2月号～2022年11・12月号（小峰書店）での連載を加筆修正したものです。